풀꽃에게 말을 걸다

풀꽃에게 말을 걸다

양채영 지음
조성헌 그림

초판 1쇄 발행 2010년 1월 1일

펴 낸 곳 꿈엔들
펴 낸 이 이승철
디 자 인 김진디자인
출판등록 2002년 8월 1일 등록번호 제10-2423호
주   소 121-231 서울특별시 마포구 망원1동 415-1번지
전   화 032)327-4860 팩스 0303)0335-4860
이 메 일 nomadism@hanmail.net

값 12,000원

ISBN 978-89-90534-21-6 03810

*정성을 다해 만들었습니다만, 간혹 잘못된 책이 있습니다.
 연락주시면 바꾸어 드리겠습니다.

풀꽃에게 말을 걸다

양채영 지음

꿈엔Life

미움을 모르는 바보, 풀꽃

풀꽃에 다가서면 마음이 편하다. 그들의 작은 몸, 작은 꽃망울, 은은한 향기. 작으나 보이지 않는 당당함. 있는 듯 없는 듯 자리해 있는 것. 질긴 생명력이 그런 마음을 갖게 한다.

권력과 돈의 끝없는 부정부패, 알량한 지식으로 남을 백안시 하는 지성, 무경우의 주먹으로 사회를 괴롭히는 폭력, 정의를 가장한 패거리 사이비 시민단체, 흘러넘치는 성(性)문화의 소망스럽지 못한 사회에서 풀꽃을 바라보며 하늘을 우러러 보는 것은 너무 상쾌하다.

풀꽃은 우리들을 걱정 없고 두려움 없이 살게 하는 길라잡이다.

이천십년 봄길에 양채영

풀꽃과 노새의 시인

신경림 (시인)
《시인을 찾아서 2》 (우리교육 출간) 수록

내 어려서의 꿈은 초등학교 교사였다. 강가의 작은 학교에서 종을 치고, 아이들과 함께 산과 들을 더듬어 풀꽃을 따고……. 담임교사의 강권으로 사범학교(실은 병설중학)에서 고등학교로 옮기는 바람에 좌절되었지만, 이런 꿈을 꾸었다. 졸업은 못했어도 사범학교를 다닌 탓으로 초등학교 교사 노릇을 하는 친구들이 많다. 나이가 들자 몇은 교장이 되고 또 몇은 장학사가 되었지만, 거의 평교사들이다. 내가 이들과 꾸준히 교분을 유지한 것은 교사가 되지 못한 아쉬움을 끝내 떨쳐 버리지 못했기 때문일 터이다.

그 중에 툭하면 내가 찾아가 신세를 지던 친구가 있다. 예컨대 도망다녀야 할 일이 생기면 며칠이고 가서 묵새기고 돈도 갈취했다. 평생 시골 학교로만 돈 평교사로, 아들 장가들 때 중매쟁이가 상대방에게 교감이라 과장하는 바람에 크게 곤욕을 치렀다던 친구다. 지난달 지나는 길에, 나는 그가 재직하고 있는 것으로 알고 있던 강마을의 한 분교엘 들렀다. 막연히 예측했던 대로 그는 퇴직하고 없었다. 전부터 잘 알고 있는 근처의 집으로 찾아갔다.

(중략)

양채영 시인은 1957년 처음 교단에 선 이래 충주 관내에서 한 번도 벗어나지 못하고 큰 학교, 작은 학교, 분교를 만 42년 동안 돌다가 명예퇴직을 했다. 그 편리하다는 아파트로 이사도 못하고 호암지라는 호수에서 가까운 낡은 단독주택에서 20년 이상을 눌러 살면서.

"세상을 헛살았구나 하는 생각이 안 드는 건 아니지만, 도시 학교로 나갔
더라면 풀꽃을 보며 사는 즐거움은 또 없었겠지. 답답하다가도 풀꽃을 보
면 마음이 따뜻해지거든."

아이들과 함께 산과 들을 헤매며 풀꽃을 따는 것이 꿈이었던 사람은 나
만이 아니었던 모양이다.

"잘 썼건 못 썼건 나만큼 풀꽃에 대해서 많은 시를 쓴 사람은 없을 거야."

실제로 그처럼 풀꽃을 소재로 한 시를 많이 쓴 시인은 우리나라에 없다.
개망초, 달맞이꽃, 여귀풀, 부채붓꽃, 장다리꽃, 토끼풀꽃, 쇠비름, 엉겅퀴,
자운영, 쑥부쟁이, 맨드라미, 백일홍, 오랑캐꽃, 패랭이꽃, 달개비꽃, 도라
지꽃 등 그가 시로 쓴 풀꽃은 이루 다 헤아릴 수가 없다.

(중략)

양채영 시 세계의 본질은 아무래도 풀꽃에서 찾아야 할 것 같다.

황정리엔

헐쭘한 쑥부쟁이들이 나서

언덕마다 쑥부쟁이 냄새를 피우고

그 쑥부쟁이 냄새가 불러들인

쑥빛 하늘이 알맞게 떠 있다.

누군가 기다리는

황토 마당 구석엔

튼튼하고 실한

시루봉이 쑥 들어앉아

아들 낳고 딸 낳아

이젠 골짜기마다 빈 자리 없이

쑥부쟁이꽃을 피우고……

〈쑥부쟁이〉 전문

　　황정리는 시인의 고향. 그 고향은 헐쭘한 쑥부쟁이로 덮여 쑥부쟁이 냄
새를 피우고, 그 쑥부쟁이 냄새는 쑥빛 하늘을 불러들인다. 시루봉은 고향
의 산. 이 시루봉이 문득 사람으로 바뀌는 대목이 재미있다. 이 시에서 시
인은 쑥부쟁이와 고향 사람들을 일체화함으로써 그가 이상으로 생각하는
자연과 인간이 조화된 삶의 모습을 그려 보이고 있다. 결국 그가 풀꽃을 즐
겨 시로 쓰는 까닭은 그 풀꽃에서 사람의 사는 모습을 찾을 수 있기 때문임
을 이 시는 말해 주고 있다.

(중략)

　　학교를 그만둔 그는 이제 더 많은 풀꽃시를 쓰겠다면서 매일처럼 호숫가
를 거닐며 풀꽃과 얘기하는 것을 일과로 삼고 있다. 하지만 그는 덧붙이기
를 잊지 않는다.

　　당국이 추진하고 있는 교육개혁에는 원칙적으로 찬성하지만, 경제 논리
에만 따라 소규모 농촌 학교를 폐쇄하는 일은 말아 주었으면 하는 것이 그
의 바람이다. 학교가 없으면 아이를 가진 젊은 농사꾼이 어떻게 살겠는가.
그러잖아도 젊은이들이 없는 농촌을 더 공동화시킬 우려가 있다. 그곳이
농촌의 유일한 문화공간이라는 점도 생각해 줘야 한다고 그는 강조한다.

눈부신 민초들

메밀꽃

옛날 옛적도 아닌
이 나라에 있었던
저 깊은 어둠 속에서
졸개들의 아우성소리나 들으러
메밀꽃밭에 뛰어들고 싶다

왜 저리도 서러운가. 붉고 가냘픈 몸통
에서 피워 올린 메밀꽃. 초가을 산비탈 밭이나 척박한 자갈밭에 하얗
게 떼지어 피어 있는 메밀꽃을 바라보면 속으로 눈물 나듯 서럽다.

천수답이 흔한 때였다. 가물어 논에 모를 심지 못할 때는 메밀씨를
뿌린다. 작물이 잘 되지 않는 척박한 땅에도 메밀씨를 뿌린다. 메밀
밭에는 비료도 주지 않는다. 어찌 생각하면 괄시받는 천덕꾸러기 농
작물이다. 하지만 메밀이 없었다면 우리네 삶은 더 척박하고 가물었
을 것이다. 메밀은 가뭄이나 장마에 시달리지 않고 비옥하지 않은 땅
에서도 잘 자라 기근(饑饉) 때 필요한 구휼식량이 돼 주었다. 메밀은
돼지감자(뚱딴지), 강아지풀, 피, 감자와 함께 구황작물(救荒作物)로
취급되어 왔다.

한꺼번에 활짝 피어 척박한 자갈밭이나 빈 공터를 하얗게 뒤덮어 아
름다움을 주는 것도 메밀꽃의 미덕이다. 요즈음 도시 한복판의 복개한

도로주변이나 하천변 부지에 메밀꽃밭을 만들기도 하는데, 괄시받는 민초(民草)들의 더운 울분이나 힘 있는 저항의 한 모습 같아 더욱 가슴에 와 닿는다.

이러한 메밀꽃의 정서가 이효석의 단편《메밀꽃 필 무렵》을 더욱 빛나게 한 음영(陰影)이 되었음은 주지의 사실이다.

왼손잡이요 얼금뱅이인 허생원을 비롯한 조선달, 젊은 동이는 봉평이나 대화 장터로 돌아다니는 장돌뱅이다. 그들 셋이 달빛을 받으며 메밀꽃이 하얗게 핀 산길을 걸어갔다. 허생원은 젊었을 때 메밀꽃이 하얗게 핀 달밤에 물방앗간에서 우연히 울고 있는 성서방네 딸과 밤을 같이 한 일이 꼭 한 번 있었다는 얘기를 한다. 동이도 의부 밑에서 고생하다 집을 뛰쳐나왔다고 한다. 허생원은 자기와 똑같이 왼손잡이인 동이가 자기 아들임을 느낀다.

한쪽이 늘 비어 있어 서러운 허생원과 동이의 빈 공간을 하얀 메밀꽃이 꽉 메워주고 있다. 그 어느 시편보다 아름다운 메밀꽃의 묘사로 우리의 가슴을 하얗게 적신다.

산허리는 온통 메밀밭이어서 피기 시작한 꽃이 소금을 뿌린 듯이 흐뭇한 달빛에 숨이 막힐 지경이다.

이효석, 《메밀꽃 필 무렵》 중에서

화려하지도 않고 크지도 않은 메밀꽃이 떼지어 일제히 피어서 압도

하는 아름다움과 감동을 주는 모습은 민초(民草)들의 삶과 힘, 지사(志士)들의 뜨거운 의지를 보는 듯 가슴에 닿는다.

외돌아간 벼랑길이
반질반질 닳아 있다.

강 건너 民村(민촌)에
저녁 들기름이 노랗고
아슬아슬한 강물이
목숨보다 파아랗다.

아직도 등바닥은 따갑지만
未久(미구)에 서리가 올 듯한 곳에
겁먹은 메밀꽃들이
화들짝 피어 있다.
〈메밀꽃〉

을씨년스런 가을 저녁 들길이나 산길을 걷다보면 환한 메밀꽃밭을 만난다. 달밤이 아니더라도 메밀꽃은 그 주변 사물들을 밝혀줄 듯 환하게 눈부시다. 멀리 초가에 불빛이 가물거리고 밤새가 울거나 푸드득 거리는 소리가 들린다. 강물 흐르는 소리가 메밀꽃밭을 가로질러 가슴

한 가운데로 서늘하게 지나간다. 모든 것이 너무 고즈넉해서 스스로를 바라보는 건지 누가 나를 바라보는 건지 알 수 없다.

　메밀꽃밭과 불빛의 초가들이 모든 걸 지키고 있는 중심 같다. 하늘엔 은하수가 차갑게 흐르고 수많은 별들이 반짝거린다. 하늘에도 하얀 메밀꽃밭이 끝없이 펼쳐 있다. 어쩌다 별똥별이 긴 꼬리를 그리며 하늘의 메밀꽃밭에 불을 긋는다. 하늘의 메밀꽃밭에서 한 송이의 메밀꽃이 떨어지고 있는 것이다.

　별똥별은 저 산 너머 아주 깨끗한 강모래바닥에 떨어지고, 그것을 주워 먹으면 배고프지 않고 오래 산다는 말을 믿었던 때가 있었다. 멍석 위에 누워 떨어지는 별똥별을 바라보며 그 쪽 방향으로 혼자 가보고 싶었던 때였다. 우리들의 환상은 늘 아름다웠지만 허망하였다. 하얗게 메밀꽃이 피고, 가난 속에서 묵을 쒀먹으며 꿈꾸고 있는 동안 전쟁은 터지고 변절과 사기와 부정부패의 역사는 깊어 갔다.

문득 이 가을의 어디쯤에서

메밀꽃밭을 만난다.

그것은 머나먼 곳인지도 모른다.

지금도 어딘가 숨어 있을

한 志士(지사)의 가난처럼

하늘은 그렇게 높고 푸르다.

나는 또 그 後進性(후진성)의

쓸쓸한 눈물이나

체념을 갈무릴 양으로

메밀꽃밭에 뛰어들어

하얗게 자지러지고 싶다.

옛날 옛적도 아닌

이 나라에 있었던

저 깊은 어둠 속에서

졸개들의 아우성소리나 들으러

메밀꽃밭에 뛰어들고 싶다

〈메밀꽃밭〉

메밀꽃은 쓸쓸한 공터에 화들짝 피어 있어야 아름답다. 가난하고 수척해 보이지만 어디 한군데도 욕심이나 음흉함이 없는 저 가녀린 꽃대와 자잘한 꽃이 좋다. 이효석의 표현처럼 소금을 뿌려놓은 듯한 메밀꽃밭, 흐느적거리고 추잡한 것들을 거부하듯 메밀꽃들은 하늘로 하늘로 상승하듯 가볍게 매달려 있다. 메밀꽃은 꽃 한송이로는 말할 수 없다. 너무 자잘하기 때문이다. 함께 어우러져서 큰 꽃밭으로만 말한다.

이름 없는 민초들의 수많은 희생 위에 이 거대한 역사가 얹혀 있듯이 떼지어 피어 있는 메밀꽃은 그래서 아름답다. 영웅이 없는 졸개들만의 꽃밭. 곧 그 졸개들 모두가 영웅이 되는 곳이 메밀꽃밭이다.

한 송이 작고 작은 메밀꽃의 낱꽃처럼 힘없고 약한 민초들이 이 세상을 이루고 이끌어 가고 있음을 누가 부인할 수 있을까. 삶을 힘겨워 하면서 권력과 욕망으로부터 오는 소외감을 억누르면서 살아가는 민초들은 그래서 위대하다.

메밀꽃밭 옆을 지나면 쓸쓸해하다가도 하얗게 떼지어 피어 있는 꽃들을 보면 몰래 주먹이 쥐어지고 힘이 솟는다. 모여서 바다를 이룬 메밀꽃밭은 참으로 아름답다.

착한 키다리

장다리꽃

비굴한 것과 고통스러운 것은
날개도 없는 관념인가
감자꽃과 장다리꽃들은
거두절미 푸르른 話頭(화두)로
나비떼를 불러들이고
앞서거니 뒤서거니
하늘로 닿았다 강물에 잠겼다
푸르른 날개로 아득하다.

강물이 흘러가고 장다리꽃이 바람에 일렁이는 꽃길로 어린 아이들이 학교에 오고 집으로 돌아간다. 장다리꽃 너머로 빨간 책가방이 나타났다 사라지고 파란 옷이 지나가고 노랑치마가 나부낀다. 장다리꽃송이 위로 어린이들의 까만 머리가 보였다 숨었다 한다.

바람이 불면 작은 열십자모양의 장다리꽃잎들이 어린이들의 뺨에 와 살짝 닿기도 하고 책가방에 올라타기도 하고 머리 위에 나붓이 내려앉기도 한다. 장다리꽃밭 속을 걸어가는 아이들, 강물을 따라 흐르는 아이들은 모두 푸르고 푸르다.

내가 사는 곳은 남한강이 여유롭게 흐르는 강가로 논다랭이와 밭들이 널려 있고 그 사이로 꽤 넓은 길이 나 있다. 이곳은 또 사질토의 모래땅이여서 땅콩이나 무나 감자 농사를 많이 짓는 강촌이다. 사월이나 오월이 되면 장다리꽃과 감자꽃이 만발해 환한 꽃밭을 이룬다. 파르스

름한 듯하면서도 연분홍빛이 섞인 장다리꽃이 큰 밭 하나 가득 봄바람에 일렁인다. 장다리꽃은 그 빛깔이나 크기나 모양이 너무 연약한데서로 모이니 떼지어 나는 나비와 어우러져 장관이다. 가늘게 뻗은 꽃대와 가지의 모습은 착하고 순진한 여인들의 향기로운 매무새 같다.

장다리는 무나 배추 따위의 꽃줄기를 말하는데, 그 장다리에서 피는꽃이 장다리꽃이다. 장다리꽃은 오월 하순이나 유월 초순에 아주 연한하늘색과 분홍색이 어울린 색으로 핀다. 꽃 모양은 십자이고 한 줄기에 수많은 꽃송이들이 피어난다.

꽃샘바람이 가까스로 물러서고 온 산천에 푸르름이 시작되는 사월은 아, 이젠 틀림없는 봄이구나 하는 안도감과 함께 마음이 설레기 시작하는 계절이다.

유월 강물이 흘러간다.

우리나라의 유월은 깊다

모두 날개를 달고 싶어 한다

감자밭이랑 장다리밭이

강물이 되고 싶어진다.

비굴한 것과 고통스러운 것은

날개도 없는 관념인가

감자꽃과 장다리꽃들은

거두절미 푸르른 話頭(화두)로

어린이들의 재잘거리는 소리가 장다리꽃밭에 확 퍼졌다가 푸른 강물을 건너간다. 장다리꽃밭은 더욱 짙어지고 강물은 더 굽이쳐 흐른다. 장다리꽃은 그저 퇴비장가에 피어 있던 서너 포기의 꽃이었거나, 텃밭에 떼지어 피어 있던 덤덤한 꽃빛의 기억뿐일 것이다. 그 꽃빛은 아름답다고 하기엔 너무 희미한 빛깔이고, 당당한 꽃이기보다는 작고 가녀린 꽃이다. 그저 있는 듯 없는 듯 무씨가 떨어진 곳이면 집 주위 어디든 쓸쓸히 피어 있던 유별나지 않은 꽃이다. 그저 그런 모습이 우리의 삶을 닮았다.

일제 때 먼 이국으로 유민(流民)을 떠나고, 해방이 되어 좌우익이 격렬히 맞서고, 6·25동란이 터져서 동족상잔의 비극이 전개되었다. 우리는 모두 장다리꽃이 피었거나 장다리꽃이 져버린 동구 밖을 드나들며 그런 아픔들을 겪어냈다.

가끔 텃밭에 무씨를 뿌리며 그때 동구 밖을 떠났다 돌아오지 않는 그 젊은이들을 생각한다. 장다리꽃의 빛깔처럼 그렇게 덤덤하게, 있는 듯 없는 듯 참으로 질기고 오랜 대물림의 우리 살림을 생각한다. 장다리꽃밭을 재잘대며 지나가는 어린이들을 본다.

開花期(개화기)

우리들 마당 한가운데

일꾼들 중의 한 사람은

키가 컸다.

그는 마음이 착해서

키가 더 커 보였다.

전쟁은

박살을 내야 하는 건데…

바다와 하늘이

그 어중간한 색깔과 색깔

그 사이에 번져 있는 아득함

아기들의 하얀 종아리에

누구의 기별인 듯이

불붙은 두어 낱

十字(열십자) 꽃잎.

〈장다리꽃〉

저 엷은 하늘색의 서러움과 체념의 아픔. 저 엷은 하늘색의 공허함과 기다림. 저 엷은 하늘색의 맑음과 사려 깊음이 펼쳐 있다. 그 속에서 비쳐 나온 부끄러운 정념이듯 여린 분홍빛깔의 장다리꽃은 진정 아름다운 꽃이다.

씨앗을 파는 노점상 앞에 앉아 무씨들을 만지작거린다. 어린이들의 재잘거리는 소리를 듣고, 떼지어 날아다니는 흰나비 노랑나비를 본다. 강물소리와 바람소리가 가슴을 스쳐간다.

천 원을 주고 열무 씨앗 한 봉지를 샀다. 복개하천 주변에 일궈놓은 밭에 뿌리기 위해서다. 호미로 골을 가르고 열무씨를 고루 뿌린다. 열무씨를 오른손으로 조금 쥐고 엄지와 검지를 비벼가면서 뿌리는 일이 쉽지 않다. 많이 떨어진 곳이나 적게 떨어진 곳이 생기면 뿌려진 씨앗을 손으로 다시 골고루 놓고 얇게 흙으로 덮는다. 씨앗을 뿌릴 때 골고루 잘 뿌리는 것도 중요하지만 씨앗이 잘 크는 데는 흙을 묻는 일이 더 중요하다. 깊이 묻으면 싹이 나지 않고, 얕게 묻으면 씨앗이 건조해진다. 비가 오면 씨앗이 드러나고 떠내려가기 쉽다.

씨앗을 뿌리고 삼사일 지나면 싹이 올라온다. 일제히 흙을 떠밀어내고 연한 싹들이 올라오는 것을 보며 불가사의를 느낀다. 최초의 발아(發芽), 그것은 최고의 순수이다. 그곳엔 사람의 힘으로는 어찌할 수 없는 태초의 힘이 있다. 순수한 것은 기교 없는 원형이며 모든 것을 수용하며 극복할 수 있는 출발상태이며 백지상태이다.

열무가 자라서 본잎이 나풀거리고 한 뼘 안팎으로 자랐을 때 비료를 주었다. 농협에서 사다 놓은 복합비료를 열무가 자라는 골과 골 사이에 뿌렸다. 열무김치는 가장 여름다운 음식이다. 열무를 깨끗이 씻어서 적당량의 길이로 잘라놓은 다음 김치 국물을 만든다. 김치 국물은 밀가루 한 숟가락을 넣고 끓여 식힌 다음 파, 마늘, 생강, 양파, 마른 붉은 고추를 갈아 만든 고춧물들을 함께 넣고 소금으로 간을 맞춘다. 물김치 담글 그릇에 열무를 한 켜씩 넣어 가면서 양념한 김치 국물을 부어간다. 각자의 식성에 맞게 발효시킨 다음 냉장고에 넣는다. 시원한 열무김치 국물에 잔치국수나 칼국수를 말아 먹노라면 여름더위가 저만큼 달아난다. 찬 꽁보리밥을 말아 먹어도 일품이다. 밖에서는 말매미가 자지러지게 울고 있다.

어느 먼 날, 마당 한 가운데 베잠방이를 입고 서 있는 마음 착한 한 사람의 일꾼을 생각한다. 그의 순수한 얼굴과 힘을 생각한다. 장다리꽃이다. 누구나 배고팠던 시절, 장다리꽃이 지면 장다리 열매가 여물어 간다. 이제 막 보릿고개를 넘은 배고픈 아이들은 삘기와 찔레꽃순과 함께 이 장다리 열매를 부지런히 따먹었다. 무장다리 열매는 몹시 맵지만, 배추장다리 열매는 비릿하니 매운 맛이 적어서 아이들의 손이 자주 가곤 하였다.

덩이 덩이 꽃구름덩이
들찔레꽃

네가 흩뿌리고 간 어둠
네가 흩뿌리고 간 향기
우리의 울음도
빛부신 들녘 어디에
울 듯 웃 듯
덩이 덩이 피어 있을라.

가도 가도 오월의 산골은 하얀 들찔레꽃 덤불에 파묻혀 있다. 길을 따라가면 길가에 하얀 들찔레꽃 덤불이 있고, 산모퉁이를 돌면 또 하얀 들찔레꽃 덤불이 있고, 모내기한 논다랭이 곁에 하얀 들찔레꽃 덤불이 있고, 논배미 물속에 들찔레꽃 더미가 들어 있다.

들찔레는 덤불을 이루기 때문에 꽃이 피면 흡사 꽃구름덩이 같아 보여서 여간 아름답지 않다. 보리밭가나 개울가, 산기슭에 둥근 꽃구름이 내려앉은 듯 하얗게 피어 있는 풍경은 정말 이 땅이 금수강산이구나 하는 생각이 들게 한다. 무엇보다 오월은 신록의 계절이어서 갓 피어난 나뭇잎과 풀잎들이 벌레 하나 없이 깨끗하고 보드라우며 잎새는 더없이 맑고 향기롭다.

봄이 되면 산기슭 양지나 개울가에 찔레나무 새순이 돋아 오른다. 복스럽고 통통한 새순을 꺾어 껍질을 까서 먹으면 달착지근한 맛이 좋았다. 배가 고팠던 사오십 년대엔 봄이 되면 찔레를 꺾어 먹는 일이나 칡 뿌리 캐서 먹는 일이 시골 어린이들의 연례행사였다. 찔레(찔레순)를 많이 꺾어서 자기가 좋아하는 아이에게 선물로 주면서 낯을 붉혔다.

원래 이름은 찔레나무다. 찔레라고도 하고 들장미라고도 부른다. 장미처럼 나무에 가시가 있고 덤불을 이룬다. 오월에 하얀 꽃을 덩이로 늘여서 피우고, 열매는 시월에 빨갛게 익는다. 열매는 윤기가 나고 빨간 빛깔이 아름다워 꽃꽂이용으로 널리 쓰인다. 열매가 작고 단단해서 그냥 벽에 걸어두어도 훌륭한 장식이 된다.

남쪽에서 불어오는 훈풍에 신록의 향기와 들찔레꽃 향기가 어우러지면 참으로 어지러울 만큼 황홀하다. 들찔레꽃 향기는 장미꽃 향기와 비슷하지만 풀내가 더 많이 섞인 야생적 향기다. 야생화 중에서 우리가 흔히 라일락이라고 부르는 수수꽃다리를 비롯해 조팝나무꽃, 아까시꽃, 들국화들과 함께 가장 짙은 향기를 지닌 들꽃으로 생각된다.

아직 연초록빛 산천에 하얀 들찔레꽃 덤불이 뭉게뭉게 피고 어디선가 뻐꾸기가 뻐꾹뻐꾹 우는 유월 한나절은 어쩌면 들찔레 향기에 휩싸인 하얀 적막 같기도 해서 서럽다. 높은 산 너머 궁금한 세상으로 가보고 싶은 꿈과 동경의 나래를 펴며 바라보던 유월의 하늘은 그래서 너무 멀다.

하얀 들찔레꽃,

六月(유월) 바람 한 점

검은 汽笛(기적)이 뭉청
가슴을 딛고 간다.
네가 흩뿌리고 간 어둠
네가 흩뿌리고 간 향기
우리의 울음도
빛부신 들녘 어디에
울 듯 웃 듯
덩이 덩이 피어 있을라.

손을 흔들어야지
하얀 아가에게
젖어 있는 東海岸(동해안)이나
갈매기,
보리골에 뒤엉켜 있는
여름뱀과 뻐꾸기와
울적한 바람을 따라
언뜻언뜻 죽어가는
여름 상여의
눈부신 꽃덩이.

〈들찔레꽃〉

　모내기가 한창인 유월은 바쁘다. 초등학교 시절엔 못자리판이나 모내기가 모두 재래식이어서 음력 오월 단오 전후에 모내기가 끝났다. 가뭄이 심한 때는 중복 무렵까지도 모내기를 했다. 목화밭에 듬성듬성 나 있는 배추포기들을 뽑아다 벌건 고춧가루를 척척 묻혀 겉절이를 만들고, 울타리 밑에 난 머위줄기로 국을 끓이고, 고사리나 도라지나물을 무치고, 돌미나리로 물김치를 담그는 등 갖가지 모내기 밥반찬 준비에 바쁘다. 모처럼 맛보는 두부와 무를 썰어 넣은 고등어조림이나 김, 꽁치구이는 모내기 일꾼들의 입맛을 돋웠다. 그 위에 막걸리 몇 사발을 마셔야 피로가 풀리고 힘이 솟았다.

　점심밥을 이고 가는 길섶에, 밥 먹을 자리를 편 논가에 들찔레꽃은 그냥 환하게 피어 있을 뿐이다. 그들이 흙냄새에 취해 있는 사이 향기로운 들찔레꽃 향기를 건네주거나 흙 범벅이 된 잠방이나 삿갓을 받아 걸어 놓는 꽃덤불일 뿐이다. 그저 향기롭고 아름다운 모내기 친구인 셈이다.

　보리이삭이 누렇게 익고 바람이 분다. 보리밭 이랑이 파도치듯 출렁거리고 어딘가 허전하게 비어 있는 듯한 보릿가을에 자꾸자꾸 뻐꾸기는 울어댄다. 점심밥 광주리를 함께 이고 따라온 큰애기는 저만치 혼자 들찔레 꽃잎을 매만지며 먼 산을 바라본다.

나무는 징징 짙푸른 열기로

하늘이 좁다하고 멀리 멀리

푸르게 그리워하는데

오늘은 누구를 생각하며

가슴 저리도록 그리워 할까.

저 숲 속에 소년이 하나

숨 막히듯 아득히 앞산 뒷산은

숭숭 걸어 들어 오는데

오늘은 누구를 기다리며

의연히 서 있을까.

저 산 위에 소년이 하나

바람이 불 때마다

무슨 까닭도 없이

먼 먼 허공 중에 눈부신

구름을 겨냥하며 눈 흘기며

밑도 끝도 없는 결론을 내린 날

뉘의 뜨거운 기별인 양

이 뜨락 기슭에 핀 풀꽃이…

〈신록을 바라보며〉

높푸른 산은 겹겹이 둘러쳐 있고 하얀 들찔레꽃들이 덩이 덩이 피어 있다. 어디선가 뻐꾸기가 이 산 저 산에서 서로 화답하며 운다. 먼 산 너머 어디론가 나가서 좋은 학교도 가보고 싶고 전깃불이 환한 도시의 밤거리도 걸어보고 싶은 생각뿐이다.

중학교를 졸업하고 서투른 농사일로 고생하시는 아버님을 도와 한 1년간 농사일을 하다가 부모님의 허락을 받고 부산으로 떠났다. 부산항 제1부두 사무실에 근무했다. 근무라 해봐야 사환 비슷한 것으로 심부름이나 사무실 정리가 고작이었다.

고등학교에 진학할 욕심으로 영어공부도 하고 입시문제집을 사가지고 틈틈이 공부했다. 퇴근할 무렵엔 제1부두를 나와 용두산공원에 올랐다가 내려오고, 가장 번화한 광복동거리를 어슬렁거리며 구경했다. 그때 가장 인상에 남았던 것은 광복동의 국제시장이었다. 1953년도였으니까 그야말로 국제시장은 전쟁의 분위기 그대로였다. 비슷한 모양의 빨간 벽돌 칸마다 쌓인 미군용품이나 다양한 옷가지와 음식점 그리고 팔도의 사람들이 어울려 쏟아내던 열기로 국제시장은 힘이 넘쳐났다.

나는 매일 국제시장을 거쳐 지나는 일이 싫지 않았다. 동대신동까지 걷기도 하고 중간에 버스를 타기도 했다. 그 해 겨울이 지날 무렵 이월 초엔가 아버님으로부터 사범학교 입학원서를 내야한다는 기별이 왔다.

입학시험을 보는 날, 밤중에 일어나서 지어주신 어머님의 이른 새벽밥을 먹고 아버님과 함께 삼십 리의 산길을 나섰다. 중간 지점인 가장

험한 골짜기, 도둑골까지 따라오신 아버님은 내가 무서울세라 큰 소리로 내 이름을 몇 번이나 불러주셨다. 사범학교 본과에 합격하고 사십 여년의 교직생활을 마친 지금도 아버님의 그 쩌렁쩌렁하신 목소리가 귀에 울려온다. 찔레꽃이 아버님의 목소리처럼 넘실댄다.

미움을 모르는 바보
감자꽃

사람들이 싫어지는 날이 있다
멍청히 감자밭에 서 있다
멍청한 감자 감자잎 감자꽃
부드럽고 넉넉한 두꺼운 감자잎
정직이라던가 후덕한 그런 것

감자꽃 백일장 행사가 열렸다. 〈감자꽃〉
이란 동요를 지은 권태응 동요시인을 기리기 위한 충주의 백일장이다.

자주꽃 핀건 자주감자
파보나 마나 자주감자

하얀꽃 핀건 하얀감자
파보나 마나 하얀감자

누구나 아는 동요다. 1968년 5월 5일 어린이날에 새싹회 후원으로
탄금대공원에 감자꽃 노래비가 세워졌다. 노래비 앞면에 새겨진 커다
란 감자꽃 조각은 참으로 훌륭한 조각품이다.
감자꽃은 유월에 피지만 오월 하순에 피기도 한다. 《시인을 찾아서

2》에 실을 기사내용을 취재하러 온 신경림 시인과 사진기자는 감자꽃
이 피어 있는 감자밭에서 사진을 찍었다. 속으로 흡족한 마음이었다.

　감자가 가지고 있는 모양새나 우리에게 기여하고 있는 것이 모두 순
후하고 덕성스럽다는 느낌을 늘 가지고 있었다. 두툼하고 부드러운
잎, 모양 없이 구불구불한 줄기, 가까스로 벌어진 듯한 흰빛이나 자줏
빛의 작고 살찐 꽃, 땅 속 뿌리줄기에 뭉쳐 있는 둥글둥글한 감자, 이
모두가 까탈스럽거나 편벽하지 않고 넉넉한 모습이다. 둥글둥글하지
못하고 칼날처럼 날들을 세우는 게 부끄럽다.

　어릴 때 어머니랑 뒷산에 나무하러 갔다. 나무를 한 짐 해서 내려오
다가 산비탈 감자밭에 나둥그러졌다. 어머니는 달려오셔서 나를 일으
켜 세우시는데, 나는 오히려 넘어진 감자줄기를 일으켜 세우느라 허둥
댔다. 큰집 감자밭이었기 때문이다.

　그때의 감자는 대부분 자주감자였다. 숟갈로 껍질을 까서 찌면 폭신
폭신한 전분은 많은데 맛이 아렸다. 자주감자는 모양이 좀 길쭉한 편
이고 눈이 많다. 차츰 흰감자가 많아지기 시작했는데 감자가 많이 달
리고 모양이 둥글며 굵고 아린 맛이 없어 모두 선호했다.

　가난했던 시절에 감자는 산골 농민의 주식이었다. 찌고 굽고 감자떡
을 해 먹었다. 보리밥 사발이나 조밥 사발에 덩그렇게 얹혀 있는 감자
덩이를 두어 개 빼내면 밥은 반사발로 줄고 배는 반배쯤 불렀다.

사람들이 싫어지는 날이 있다

멍청히 감자밭에 서 있다

멍청한 감자 감자잎 감자꽃

부드럽고 넉넉한 두꺼운 감자잎

정직이라던가 후덕한 그런 것

헐렁하고 선량한 눈이 큰 사나이들이

이 집 저 집 떠돌아 다니며

머슴살이 하던 그 때 그 날

그들은 힘 센 큰 불알을 차고도

집도 절도 없이 떠돌아 다녔다

땅 속 감자들은 그 한증막에도

주먹보다 더 크고 있겠지

감자밭둑 저 너머로

허연 강물이 흘러간다

꼭 어디선가 만났던 그런 시각에

먼 곳에서 뻐꾸기가 운다

하얗고 보랏빛인 강물이

들판 한 가운데를 말도 없이

흘러간다 흘러간다.

〈감자꽃2〉

　　강물이 흐르고 신작로 옆으로 펼쳐진 너른 감자밭에 감자꽃이 만발했다. 감자꽃이 초록잎과 한데 어우러진 빛깔은 너무도 아름답다. 한 줄기의 강물이 흘러가듯 출렁거리며 멀리 사라진다. 춘궁기의 보릿고개가 흘러가고, 감자밭에서 전사통지서를 받던 노을이 지나가고, 자전거를 타고 가던 등굣길이 흘러간다.

유월은 曼陀羅(만다라)

어지러운 色(색)

미운 마음 없이

한 움큼 감자를 캐다가

徵用(징용)에 끌려가고

더운 바람 스쳐간 골짜기마다

흰빛 자주빛 감자꽃이 피고

불알만한 감자를 캐다가

戰死通知(전사통지)를 받고

소나기 스쳐간

泰山峻嶺(태산준령)마다

흰빛 자주빛 감자꽃이 피고…

〈감자꽃1〉

감자꽃은 한 줄기에 여러 숭어리가 피지만 잎에 가려 불쑥 나타나지 않는다. 이것도 감자꽃의 미덕이다. 자기를 낮추려는 미덕이 사라져 가는 세상에서 감자꽃은 더 소중하다. 어리숙한 감자꽃이 그래서 좋다.

약삭빠르고 영악하지 못해 늘 어중간에 서 있는 내 삶이 흡사 감자꽃을 닮은 건 아닐까. 교직생활을 사십년 넘게 했지만 교감 한자리 못 하고 평교사로 명예퇴임한 일이나, 문단 말석에 이름을 올려놓은 지 사십년이 되어가지만 널리 알려진 시 한 편 못 쓰고 번쩍이는 시인 축에 끼이지도 못하니 감자꽃이 아니고 무엇일까.

아내는 단독주택을 처리하고 아파트로 가고 싶어 한다. 아내가 그런 내색을 할 때마다 속으로 미안한 생각을 하면서도 대꾸하지 않는다. 아내는 함께 차를 타고 가다가도 저 아파트는 전망이 좋다느니 저런 곳에 살았으면 좋겠다느니 하지만 여전히 나는 묵묵부답이다.

요즘은 자고새면 무슨 게이트니 무슨 리베이트니 해서 그 거래액이 수천만 원에서 수백억에 이른다. 부정부패한 땅을 갈아엎고 둥글둥글한 감자밭을 만들 순 없을까. 순수한 감자꽃이 가득히 피어 있는 감자밭 말이다.

연보랏빛 목걸이
자운영꽃

오월에 눈부신 이슬들은
우리가 사들인 빛나는 가구들
새로 오신 손님의 빛나는 날개
알지 못하는 신기한 눈빛에
자운영꽃은 보랏빛으로 핀다.
그녀의 가슴에 단
작은 덩굴꽃 한 송이가
아침 바람에 나부낀다.

어디에나 널려 있는 아름다운 사금파리 조각을 주울 수 있어서 좋았다. 조금만 걸어가면 언덕에 피어 있는 연보랏빛 자운영꽃이 있어 좋았다. 살찐 말들이 풀을 뜯어 먹고 있는 곳, 이곳이 어릴 때 나의 고향이었다.

5월이 되면 언덕이나 길가에 핀 자운영꽃으로 머리치장을 하고 꽃팔찌나 꽃목걸이를 만들며 놀던 생각이 난다. 우리 집 바로 옆에는 큰 사기공장이 있었기 때문에 시간만 나면 그 곳에 가서 놀았다.

커다란 봉분처럼 생긴 사기 가마들이 비탈진 언덕에 한 줄로 비스듬히 줄지어 있었다. 우리들은 그 속에 들어가 놀기도 했다. 땀을 뻘뻘 흘리며 발로 점토를 이기거나 손으로 점토를 반죽하는 힘겨운 모습도 보았다. 무엇보다 발로 물레를 돌리면서 물레판 위의 반죽된 흙을 두 손으로 잡고 위로 올리면 위로 길쭉하게 되고 한 손을 길쭉하게 된 흙 가운데로 집어넣고 다른 손을 그 밖에 대면 볼록한 항아리가 빚어졌다. 참으로 신기했다.

항아리, 종지, 막사발, 술병, 다완, 접시, 사발, 대접들이 긴 나무판자 위에 가지런히 놓여 층층이 얹혀 있는 모습도 아름다웠다. 초벌구이를 하고 난 다음 그림을 그리고 유약을 바르고 마침구이를 한다. 모든 과정이 신기한 구경거리였다.

그릇들은 가마 속에 차곡차곡 재어 도수리구멍(가마 옆으로 난 구멍)들을 꼭 막고 가마굴(가마 아궁이)에 불을 지핀다. 이글거리는 불길과 불빛은 참으로 장관이었다. 물끄러미 불길을 바라보고 섰던 내 모습이 떠오른다. 사랑에서나 일에서나 삶에 있어서 그런 뜨거운 열정으로 살아가고 싶다. 그 불 때기가 며칠 지속되는 동안 화부는 밤을 새며 불을 조절해야 했다. 불 때는데 따라서 성공여부가 판가름나기 때문이다.

사기가 완성되어 꺼낼 때 도공들은 긴장한다. 잘 구워졌는지, 내려앉아 붙어 버리지나 않았는지, 색깔이 잘 나왔는지 걱정하면서 도수리구멍을 열고 더운 가마 속을 훑어본다. 꺼낼 때 조금의 흠결이라도 발견되면 즉석에서 깨버린다. 우리가 볼 땐 멀쩡해 보이는 큰 항아리도 가차없이 깨버린다.

사기공장에선 서너 마리의 말들을 사육했다. 사기를 구루마에 실어 나르기도 하고 그 많은 장작연료를 나르기 위해서다. 말들은 주변 언덕에 난 풀을 뜯어 먹었다. 특히 자운영꽃을 좋아했다.

말들은 발정기가 되면 대단했다. 지상의 동물 중에서 가장 크다는 시꺼먼 양물(陽物)을 내 뻗고 힝힝거리며 암말을 쫓아다니는 수컷의 모습과 교미의 현장을 보기 위해 애들이 떠들썩하고 동네 아낙들도 담 너머나 울타리 섶 대문 뒤에 숨어 있었다. 암수말의 교미는 정말 박진 감 있는 대사(大事) 중의 대사였다. 입에 거품을 물고 힝힝거리며 갈기 를 곤추세우며 날아오를 듯한 수말의 기세에 모두 넋을 잃고 기가 꺾 인다. 전해오는 말에는 두부를 사가지고 가던 아낙이 말의 교미하는 모습을 보았는데 나중에 보았더니 손에 들고 있던 두부모가 모두 바스 러져 있더란 얘기가 있다.

사기가마굴의 이글거리던 불길, 암수말의 힝힝거리며 치르던 거대 한 교미, 아름다운 보랏빛 자운영꽃의 신선함, 하얀 백자항아리의 정 결함이 뒤섞여 지금까지 잊히지 않는 기억으로 남아있다. 그것은 진실 하고 아름답고 건강하고 열정적인 것에 대한 열망과 동경에서 비롯된 것이 분명하다.

오월에 눈부신 이슬들은

우리가 사들인 빛나는 가구들

새로 오신 손님의 빛나는 날개

알지 못하는 신기한 눈빛에

자운영꽃은 보랏빛으로 핀다.

그녀의 가슴에 단

작은 덩굴꽃 한 송이가

아침 바람에 나부낀다.

자운영꽃이 핀 긴 둑방으로

암수 말 두 마리가 달려간다.

자운영꽃이 터진 향기가

열어젖힌 창틈으로 새어 들고

말들은 하늘로 날아간다.

5월 아침 목장

긴 둑방에 보랏빛으로 뻗어나는

자운영꽃

〈자운영꽃〉

5월의 농촌은 온전히 아름답다. 훈풍에 나부끼는 신록과 새의 지저 귐과 맑은 시냇물 소리에 귀를 씻는다. 그런 낭만은 잠시, 농부들의 갈 꺾기가 시작된다. 모심기 할 논에 나뭇잎을 베다 넣는 일이다. 갈참나 무잎, 상수리나무잎, 굴참나무잎, 떡갈나무잎, 졸참나무잎, 옻나무잎, 물푸레나무잎, 단풍나무잎들을 연한 가지와 함께 베어다 논다랭이마 다 몇 짐씩 넣어야 한다. 참으로 힘든 과정이다. 그래야 그것이 논에 거름이 되어 벼가 잘 자라게 된다.

그 후 화학비료가 출현하고부터는 힘겨운 풀베기가 없어졌다. 너무 많은 노동력이 들고 자연이 훼손되는 것이 흠이지만, 역시 논의 지력 을 보호하고 맛좋은 쌀의 생산을 위해선 풀을 베어 넣는 게 좋다.

녹비용으로 수입된 자운영꽃이 화학비료의 보급으로 무용지물이 되었다. 땅은 점점 산성화로 경화되고 유용한 토양미생물이 모습을 감춘다는 것은 두려운 일이다. 사람의 마음이 강팍해지는 것은 우리가 자연으로부터 멀어지기 때문이 아닐까.

저 건강한 말들에게 연보랏빛 자운영꽃 목걸이를 걸어주고 싶다. 말들이 가지고 있는 관능은 생명의 빛나는 환희이며 활력의 모습이다. 자연은 그 활력의 원천인 셈이다. 피카소가 1968년에 그린 〈침대 밑에 구경꾼이 있는, 퓨젤리의 '악몽'식의 환타지〉란 그림에는 침대 위에 벌거벗은 여인이 벌렁 누워 있고 그 앞에 반인반수의 괴물이 무릎을 꿇고 엎드려 곧 힘껏 돌진할 모습을 취하고 있다. 그 침대 밑에는 또 하나의 괴물이 숨어 있으며 침대 옆에는 커다란 말(馬)이 한 마리 서 있다. 말 엉덩이 위에는 벌거벗은 여인이 커다란 엉덩이를 뒤로 한 채 창을 들고 올라타고 있다. 평생을 사랑과 예술의 사이를 꿰어나간 피카소의 관능적인 그림이다.

누이의 幼年(유년)은

사슴의 목이나

풀잎 王冠(왕관)이었다

하얀 손가락만 살아있다.

몇개의 이슬을 박은

눈도 빨간 것에서

靑銅(청동)이다가

숯덩이로 되어간 변질

어머니의 손도 불가능이었다.

요즘

누이의 붓에 묻어있는 것은

푸른 호밀밭과

그 속을 기어 다니는

푸른 바람 살찐

馬(말)과 사나운

개 등속이다.

누이는 자주 빛나는 날

落花(낙화)처럼

말의 모가지를 잘라내어

길들이지만 조금도 슬퍼하지 않는다.

슬프지 않은

下半身(하반신)의 馬(말)들은

호밀꽃 속을 날아

未開地(미개지)

南(남)쪽 新大陸(신대륙)에서 만발한다.

숯덩이처럼 타고 있는

丘陸(구륙)

검은 「잉카」帝國(제국)의

男根(남근)들이

侵略(침략)의 말굽에 쓰러진

건강한 폐허 위로

몇 마리의

독수리가 날아다닌다.

누이는 먼 太平洋(태평양)의 출렁이는

썩은 毛皮(모피) 속을

허우적이는 商船(상선)을 바라보며

예쁜 時計(시계) 속에

몰래 사육하고 있는

異國鐘(이국종) 개를 꺼낸다.

누이의 손가락은 조금씩 떨리고

발가락 근처에

「아마존」이란 예명으로 싸인한다.

〈누이의 畵法(화법)〉

　내 어릴 때 보았던 말(馬)들의 거대한 교미(交尾) 장면이 생명의 환희와 자연의 은총으로 비쳐지고 있는 것에 감사하고 있다. 요즘 초등학생들이 인터넷을 통해 보고 있는 음란물들은 수십 년 뒤 그들에게 무엇으로 다가올까.

가녀린 슬픔
씀바귀꽃

내 작은 꽃밭에 무슨 꽃을 위해
잡초를 뽑아내는 일을
그만두기로 생각한 날
담귀퉁이에 씀바귀꽃이 피었다.
가늘고 긴 목이 바람에 하늘거린다.

씀바귀는 불쌍한 누이다. 문득 눈을 떠보면 언제 나타났는지 앞에 있다. 그리고 그때마다 씁쓸한 한숨을 뱉는다. 매일매일 응어리지는 한(恨)은 한 방울씩 가슴에 고여 줄기를 타고 뿌리로 흐른다. 그리고 어느 날 가녀린 잎을 흔들며 독한 뿌리는 감춘 채 들판에 서 있을 것이다.

가녀린 꽃대 위에 노랗고 작은 꽃을 피우면서도 그 뿌리는 길게 뻗으며 쓰디쓴 맛을 쌓아 입맛을 돋우게 하는 모습. 저 모순의 삶에서 내 누이의 모습을 본다. 시집가서 고생하다 일찍 남편과 사별해 세 남매를 키우며 혹독한 어려움을 겪은 누이. 이제는 자녀들이 성장해 홀어머니를 잘 모신다. 얼마 전 환갑이 되가는 나이에 전도사가 되겠다고 신학대학 야간부에 진학했다는 마음 착한 누이다.

스스로 고통을 가슴에 쌓으면서도 남을 생각한다는 것은 얼마나 어려운 일일까. 씀바귀와 냉이와 달래를 무쳐 먹고, 쑥범벅과 보리죽과

밀기울로 연명하면서도 옛 민초들이 이룩해 놓은 우리 민족의 얼을 씀
바귀꽃에서 찾는다.

씀바귀는 뿌리 맛이 쓴 탓으로
사랑을 받는 풀이다.
이 나라의 그 쓴 입맛을
아무도 도둑질해 갈 수는 없다.
옛날 옛적 異次頓(이차돈)은
흰 피가 솟아 올랐다 해서
역사적 화제가 되었다.
이 땅의 깊고 깊은 곳에
쓰디 쓴 백피.

내 작은 꽃밭에 무슨 꽃을 위해
잡초를 뽑아내는 일을
그만두기로 생각한 날
담귀퉁이에 씀바귀꽃이 피었다.
가늘고 긴 목이 바람에 하늘거린다.
버즘먹어 시집간 내 노오란 누이
저 가는 씀바귀꽃대를 꺾으면
하얀 피가 솟아 오를 것이다.

쓰디 쓴 뿌리 씀바귀꽃.

〈씀바귀꽃〉

여러해살이풀 씀바귀는 야산기슭이나 들과 밭, 논둑에서 흔하게 자란다. 한 자 정도의 줄기에서 많은 가지를 치는데, 끝마다 작고 노란 꽃이 핀다. 오월에서 칠월 사이에 피는 꽃은 작은 쑥부쟁이꽃과 비슷하며 꽃대가 실처럼 가늘어 바람에 잘 흔들린다.

씀바귀는 꽃보다 뿌리가 유명세를 더 얻고 있다. 씀바귀 뿌리는 맛이 써서 삶은 다음 우려내서 고추장이나 양념 다지기에 무쳐서 먹는다. 씀바귀나물을 좋아하는 이들은 날 것으로도 곧잘 먹는다. 씀바귀나물을 사나귀채(舍那貴茱) 또는 도채(茶茱)라고도 한다. 뿌리는 길고 여러 가닥으로 뻗어나며 잔뿌리가 많이 달려있어 캐기에 여간 까탈스럽지 않다.

씀바귀의 쓴 맛을 좋아하는 사람이 많다. 비록 쓰긴 하지만 입맛을 돋우고 춘곤증을 이기게 하는 효과가 있으니 좋은 선택이다. 그런 까닭에 봄나물 중의 으뜸으로 쳐서 지금은 농막에서 특화작물로 재배해 다량으로 시판된다. 씀바귀는 고급 한식의 밥반찬으로 등장하는 귀족이 되었다.

어릴 적까지만 해도 된장독이나 고추장항아리에 넣어서 장아찌로 먹기도 했다. 지금도 산야에서 캔 것을 삶아 우리지 않고 그대로 씻어서 바로 양념고추장에 무쳐 먹는다. 쓴 맛이 많을수록 씀바귀의 제 맛이다. 그러기 때문에 재배한 씀바귀보다는 산야에서 캔 게 훨씬 맛있다.

어려서 '외가(外家)가 나쁘면 씀바귀를 못 먹는다'는 속담을 자주 듣곤 했다. 후에 알아보니 '외(오이)가 나오면 씀바귀는 맛이 없어 못 먹는다'는 뜻임을 알고 혼자 웃은 적이 있다. 그렇지만 오이가 나와도 씀바귀를 잘 먹으니 정말 외가가 나쁜 건 아닌지 모르겠다.

씀바귀라고 민간요법에서 빠지겠는가. 씀바귀는 건위(健胃)에 쓰인다. 위(胃)를 튼튼하게 하는 약초로 쓰이니 '씀바귀를 잘 먹는 사람은 위(胃)가 좋다'란 말로 고쳐서 사용하는 것도 괜찮겠다.

작은 뜨락엔 자생한 풀이나 산야서 캐 온 들풀들이 뒤섞여 자란다. 참나리, 비비추, 윤나물, 초롱꽃, 상사화, 박하, 노랑꽃창포, 둥굴레, 원추리, 더덕, 돌단풍, 금낭화, 반하, 마, 뽀리뱅이, 무릇, 나도냉이, 땅빈대, 천궁, 고들빼기, 씀바귀, 달개비, 각시붓꽃, 옥잠화, 개옥잠화들이다.

처음엔 선호하는 풀 외엔 뽑아 버렸으나 잡초밭이라면 오히려 뽑아내는 것이 잘못된 일이라 생각되어서 그대로 두었다. 똑같은 자연이고 생명체이기 때문이다. 그러나 꽈리는 모두 뽑아냈다. 누가 초롱꽃과 함께 몇 포기 준 것이었는데 너무 번식력이 강해서 땅 속으로 뿌리줄기를 뻗어 몇 해가 되지 않아 모두 꽈리밭이 돼 버렸기 때문이다. 그 자체로서 강한 생명력을 탓할 수는 없는 일이지만 공존해야 할 주어진 환경에서 너무 넘쳐나는 일은 좋지 않다.

어떤 평론가는 일련의 풀꽃시에 대해 '그 화원의 꽃은 모두 숱한 인연과 교통(交通) 속에 피어난 것, 특히 무연한 것들이 얽히고 교통을 하는 양상은 꽃들의 의미를 새롭게 확장시킨다. (중략) 아무튼 상투형의 인상들을 털어버린 꽃들은 대신 지난날의 전쟁이나 가난, 그리고 아픈 기억들을 나름대로의 비밀처럼 데리고 있다'고 썼다. 아마 이 글은 그 '비밀처럼 데리고 있는'의 '비밀' 부분에 대한 어설픈 고백이 될 것이지만, 고백의 전모도 아닐 것이고 썩 마음 내키는 일도 아니다.

어느 시인은 풀잎의 작은 속삭임에도 귀 기울일 줄 아는 시인이 되고 싶다고 했다. 참으로 감명 깊은 말이다. 젊은 날 기차여행에서 수녀 한 분과 동석하게 되었다. 무슨 얘기 끝에 사물과의 대화에 관한 말을 하게 되었는데, 자기는 한 그루 나무와 마주 서면 그 나무와 수많은 대화를 나눈다고 했다. 물론 종교적인 입장이 그 배경이 되고 있을 법한 것이지만 시를 쓰는 나에겐 큰 느낌을 주는 말이었다. 그 뒤부터 사물과의 대화라는 것에 늘 깊은 관심을 갖게 되었다. 시를 쓰는 사람치고 사물과의 대화를 생각해 보지 않은 사람은 없을 것이다. 사물들의 정체를 알기 위해선 대화를 해야 하고, 대화를 해야 그 사물이 내게 다가서기 때문이다.

내가 그의 이름을 불러 주기 전에는
그는 다만
하나의 몸짓에 지나지 않았다.
내가 그의 이름을 불러 주었을 때

그는 나에게로 와서

꽃이 되었다.

내가 그의 이름을 불러 준 것처럼

나의 이 빛깔과 향기에 알맞은

누가 나의 이름을 불러다오.

그에게로 가서 나도

그의 꽃이 되고 싶다.

우리들은 모두 무엇이 되고 싶다.

너는 나에게 나는 너에게

잊혀지지 않는 하나의 눈짓이 되고 싶다.

김춘수, 〈꽃〉

위의 시는 너무도 잘 알려진 김춘수(金春洙) 선생님의 시다. 선생님
은 나의 추천 시인이시기도 한데, 그분의 시를 인용하는 것이 무례한
듯해서 죄송한 마음이다. 별 볼품없는 작은 씀바귀꽃에 하나의 의미를
붙여주고 싶은 것이 시인의 길일까. 한 잎 풀잎에도 온 우주가 들어 있
다는 경구를 떠올리지 않더라도 분명한 것은 시인이 나풀거리는 들풀
과 가까이 있다는 점이다.

생매장된 맑은 기품

연꽃

연꽃들은 아직 깊은 동면에서
깨어나지 않았다.
죽은 꽃대를 가늠해 찾았지만
너무 깊이 뻗어나 있어
허연 살 뿌리가 끊겨 나왔다.
뿌리가 끊어질 때마다
향기로운 진액과 아픔의 전율이
내 팔뚝에 묻어 나왔다.
나는 끊어진 두어 뿌리를
질그릇 항아리에 심고
아침저녁 들여다보며
생매장된 연꽃들의 꿈을 생각한다.

개구리가 풍덩 물속으로 뛰어 들었다. 수면 위로 동그란 잔물결이 번져 나갔다. 다시 타박타박 황톳길을 걸으면서 누구를 미워하던 마음도 원망하던 마음도 속앓이도 훌렁 가벼워졌다. 연못길을 걸을 때면 늘 그랬다.

집에서 멀리 떨어진 산촌학교에서 하숙하고 있을 때였다. 토요일이면 집에 왔다가 일요일엔 학교로 돌아가곤 했다. 읍내에서 버스를 내리고 다시 버스를 갈아타야 했다. 통행하는 버스도 적고, 그나마 자주 결행하곤 해서 몇 십리를 걸어야 할 때가 많았다. 처음 몇 번은 두렵고 망연한 생각이었지만 횟수가 늘어나다보니까 담담히 걸어갈 수 있게 되었다.

읍내를 빠져나와 한참을 걷다보면 길은 좁아지고 차 한대가 가까스로 비켜 지나갈 만한 길이다. 여름 무더위에 아무 생각 없이 걷는다고는 하지만 벽지학교에 전근된 불평이나 불만을 마음속에 묻어둔 채 자꾸 높아가는 산과 골짜기를 거슬러 올랐다.

논다랭이에 댈 저수용 작은 연못이 있고, 꽤 많은 연꽃이 피어 있었다. 늘 연못가에 앉아 쉬면서 연꽃을 가꾼 마음을 생각했다. 개구리들이 연잎 위에 올라앉아서 커다란 눈을 툭 내밀고 바라본다.

진흙 속에 뿌리를 박고 긴 꽃대를 물 위까지 뻗어 올려 아름다운 꽃을 피워내는 힘겨움을 본다. 물 위에 커다랗고 둥근 잎을 펼쳐 넉넉한 햇빛을 받아 아름다운 연꽃을 피우는 관용과 헌신의 모습을 떠올리기도 했다. 조용한 산골짜기의 작은 연못 속에서 은밀히 이루어지는 일, 그것은 열반의 절정을 향한 가없는 헌신 공양이 아닐까?

길게 물 위로 쭉 뻗어 오른 꽃대궁 속, 무한한 열정의 맑은 정령들이 오르내리는 듯 조금씩 흔들린다. 사랑하는 사람들의 눈길 속으로 끊임없이 내왕하는 빛살처럼 연꽃은 환하게 피어 있었다.

자연은 善(선)이다. 자연을 믿어라. 자연과 투쟁하지 말아라. 性(성)은 善(선)한 것이다. 性(성)을 믿어라. 性(성)을 따르라. 性(성) 속으로 흘러 들어가라.

性(성)은 삶의 원천이요, 사랑의 원천이요, 의식세계에서 일어나고 있는 모든 것의 원천이기 때문이다.

석지현, 《密敎(밀교)》 중에서

바라보고 있는 저 작은 연못 속의 연꽃은 어쩌면 의식세계에서 일어나고 있는 모든 것의 원천인 성(性)의 오르가즘인 셈이다.

蓮(연)잎이 무성한 연못은

밑바닥의 진흙 속도 깊을 게다.

진흙에 파묻힌 우리들의 발목

涅槃(열반)한 살의 부끄러운 宝石(보석)들이

저리도 꽃대궁 속을 오르내리며

하루 종일을 흐느낀다.

들어서면 못물 가득히 몸살이 뻗치고

바람도 움쩍 않는 더운 相思(상사)

五色(오색)구름이 머리 위에…

〈연꽃〉

시골 면소재지 학교에 재직할 때였다. 학교 뒤 운동장 구석에 작은 연못이 하나 있었는데 다른 시설물을 세우느라 그 연못을 모두 메우는 계획이 세워졌다. 반대 의견을 내 보았지만 수용되지 않았다.

새 학기가 되기 전에 메우도록 되어 있었다. 연꽃들이 모두 땅 속에 생매장될 것을 생각하니 잠이 오지 않았다. 연못 속의 연을 몇 뿌리 캐내어 작은 부분이라도 살려내고 싶었다. 2월 중순쯤의 연못은 아직 얼음이 다 녹지 않고 물도 여간 차갑지 않았다. 깊지 않은 가장자리에 들어가서 괭이로 캐려니 물 속 진흙이 질척거리기도 하고 얼마쯤은 얼기

도 하여 너무도 힘겹고 불편한 작업이었다. 가까스로 끊어진 몇 뿌리
를 캐내어 집에 있는 큰 플라스틱 함지박에 진흙을 넣고 심었다. 4월
초쯤 싹이 나고 돋아 오르는가 싶더니 잎이 자라지 않았다. 결국 그 연
못의 연꽃들은 모두 땅 속에 연꽃무늬를 아로새겨야 했다.

봄이 머지 않은 연못을 메우고
공장을 짓는다는 얘기를 들었다.
나는 며칠 그 연못가를 맴돌며
연뿌리 캐낼 궁리를 했다.
아직 덜 풀린 얼음 때문에
물 속을 들어갈 수도 없다.
연못물을 빼내는 어느 날
연못에 들어갔으나
연꽃들은 아직 깊은 동면에서
깨어나지 않았다.
죽은 꽃대를 가늠해 찾았지만
너무 깊이 뻗어나 있어
허연 살 뿌리가 끊겨 나왔다.
뿌리가 끊어질 때마다
향기로운 진액과 아픔의 전율이
내 팔뚝에 묻어 나왔다.

나는 끊어진 두어 뿌리를

질그릇 항아리에 심고

아침저녁 들여다 보며

생매장된 연꽃들의 꿈을 생각한다.

어느 날 공장의

뜨거운 불기둥 속엔가

금속의 반짝거리는 가슴엔가에

빛깔 고운 연꽃무늬들이

귀신도 몰래 아로새겨질 거란

그런 꿈을 꾼다.

〈연꽃무늬의 아로새김〉

연꽃은 우리나라에 불교문화가 들어오면서 불상, 불화, 탑, 건축물, 불구 등에 널리 그 모양이 활용되었다. 고려 때는 연뿌리와 연꽃봉오리까지 감히 건드리지 못할 정도로 연꽃의 종교적인 상징성이 컸다. 연꽃은 우리 정신문화의 한 중심에 피어 있던 꽃이다.

여러가지 옷에 수놓인 연꽃, 삼국시대의 기왓장이나 수막새에 새겨진 연꽃무늬 장식 등은 그만큼 불교문화의 영향이 컸음을 말해주고 있다.

조선시대의 원예 전문서로, 세종 때 강희안이 지었다는 《양화소록》을 보면, 꽃의 종류에 따라 그 품계를 매겨놓았다.

뛰어난 운치나 절개를 의미하는 매화, 국화, 연꽃, 대나무를 1등으로, 부귀를 의미하는 모란, 작약, 파초 등을 2등으로, 운치가 있는 치자, 동백, 사계화, 종려, 만년송은 3등으로, 소설, 서향, 포도, 귤은 4등으로, 석류, 복사꽃, 해당화, 장미, 수양버들 등은 5등이다.

그뿐만 아니다. 누군가는 연꽃의 상징적 의미를 깨끗한 병 속에 담긴 가을의 물, 비 갠 맑은 하늘의 달빛, 봄날의 햇빛과 함께 부는 바람이라고 했다. 연꽃의 맑고 기품 있는 모습을 유감없이 나타낸 점이 보인다. 물론 저자의 주관적인 판단으로 꽃의 품계를 정한 것이긴 하지만, 그 꽃들이 가지는 일반적 인식이나 꽃의 품위, 꽃이 상징하고 있는 여러 정황들을 잘 살피고 숙고한 끝에 이루어졌을 것이다.

꽃을 바라보는 순간에는 마음이 아름다워지고 평안해진다. 특히 연꽃은 바라보는 순간부터 마음이 경건해지고 스스로 자비로움에 대한 것을 생각하게 한다. 그래서 다른 꽃보다 월등히 아름다운지 모르겠다.

사랑을 속삭이는 황홀한 번득임

물봉숭아

물봉숭아 물살져 흔들리는
황홀한 번득임
물봉숭아 꽃대궁 속으로 숨은
실개천 속으로
몰래 벗은 여인의 고운 물봉숭아
물소리 매미소리에 여름 한낮
숲 속 가득한 물봉숭아 향기

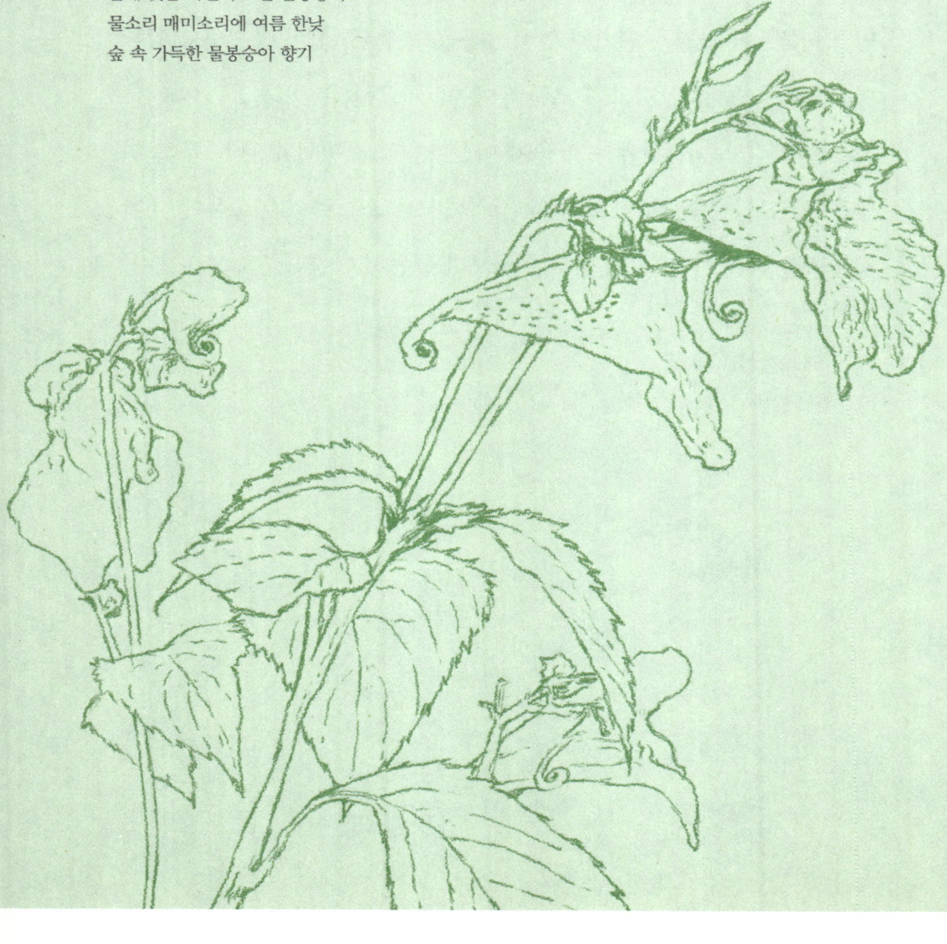

고향 마을 앞 숲 속은 울창하다. 아름드리 소나무들을 비롯해서 갈참나무, 상수리나무, 물푸레나무, 단풍나무, 옻나무, 붉나무, 철쭉, 참꽃나무(진달래), 층층나무, 신나무, 굴피나무, 산초나무, 생강나무, 개암나무, 싸리나무, 보리수나무, 고추나무들로 가득하다.

그 나무들을 휘감고 칡넝쿨이며 으름덩굴, 사위질빵, 으아리, 댕댕이넝쿨, 왕머루, 박주가리, 새삼, 마, 애기메꽃, 인동덩굴들이 긴 줄기를 뻗어 올리고 서로 뒤엉켜 덤불을 이룬다.

땅쪽도 수선스럽다. 고비고사리, 공작고사리, 잔대, 구릿대, 천궁, 천남성, 원추리, 참나리, 둥굴레, 비비추, 삿갓나물들이 수목 밑을 꽉 채워 계절마다 형형색색의 꽃을 피우고 향기를 뿜어내어 초록의 궁궐을 이룬다.

숲 속을 빗겨 흐르는 꽤 넓은 도랑 물가로 가보자. 물봉숭아, 붓꽃, 메꽃, 물쇠뜨기, 노루오줌꽃 등 습한 곳을 좋아하는 풀들의 천국이다. 그 중에서도 줄기가 붉고 투명하며 아이들 허리춤까지 자라는 물봉숭아 군락이 단연 압권이다. 엄지손가락 굵기의 줄기에서 많은 가지가 뻗어 나와 팔구월쯤에 꽃을 피운다. 노랑꽃, 하양꽃, 분홍꽃, 진분홍꽃이다. 특히 그 숲에는 분홍꽃 종류가 많았다. 모양은 일반 봉숭아꽃과 비슷한데 꽃잎이 얇고 아주 연한 점이 있다. 또한 줄기에 투명하고 굵은 마디가 여럿 있다는 것이 조금 다른 점이다.

봉숭아꽃이 피면 손톱에 꽃물을 들이던 시절이 있었다. 봉숭아꽃에 소금이나 백반을 넣고 찧어 손톱 위에 올려놓고 헝겊으로 싸고 실로 감아 맨다. 이틀쯤 지나면 손톱에 분홍빛 물이 든다. 잠잘 때 헝겊이 풀릴까봐 몹시 조심했다. 당시에는 그것이 큰 장식이었다.

어느 해 여름방학 때였다. 시를 사랑하는 동호인들이 열차여행을 했다. 거기에 참석한 어느 초등학교 교장선생님께서 전교생 어린이들에게 봉숭아꽃물을 들여 준다고 했다. 그분은 우리들에게도 봉숭아꽃과 헝겊과 실을 나누어 주면서 꽃물을 들이게 했다. 전통을 이어가는 일은 힘들긴 하지만 삶을 좀 더 여유롭고 아름답게 해 줄 것이란 믿음을 배웠다.

나비떼의 날개는 눈부시고

뱀들은 푸른 독을 빛낸다

짐승들의 숨결은 뜨거워지고

젊음의 울부짖음과 노래와 총탄은

숲 속의 뿌리마다 깊이 파묻혀

저 무성한 잎이 되고 꽃이 되고

바람이 되었다

구릉은 아득히 누워서 깊고

누운 듯 일어선 듯

울울한 숲은

가슴으로 어깨로 너울져 올라

긴 구릉에 일렁거렸다

〈유월의 숲〉 부분

중학교를 다니던 무렵이었다. 사철 숲 속에 들리는 일을 즐겼지만, 여름철엔 거의 날마다 숲을 찾았다. 속상하는 일이나 걱정거리가 있으면 숲 속 바위 위에 걸터앉았다. 숲엔 노오란 꾀꼬리들이 많아서 그 아름다운 소리는 숲 속의 정적을 깨웠고, 이리저리 날아다니는 황금빛은 초록빛에 노란색을 칠하는 것 같았다.

할일 없이 숲 속을 돌아다닌다. 숲 속 서낭당에 놓인 백설기며 펄쩍펄쩍 뛰는 개구리 뒤를 살모사나 율무기가 쏜살같이 쫓아가는 모습도 만난다. 상수리나무 썩은 옹이에는 사슴벌레나 하늘소가 번쩍거리는 등과 긴 더듬이, 커다란 집게발을 벌리고 엉금엉금 기어간다. 나무와 나무 사이로 검은 날다람쥐가 휙휙 날아다니고, 낙엽 쌓인 돌무덤 위에 눈이 동그란 다람쥐가 고개를 곧추세우고 사방을 두리번거린다. 작은 물웅덩이엔 소금쟁이, 장구애비, 물땅땅이, 물장군, 물방개, 물자라, 송장헤엄치개 등이 뱅글뱅글 돌기도 하고 거꾸로 곤두박질치듯 헤엄치고 있었다.

고개를 들어 위를 보면 진초록의 나뭇잎들 사이로 여름 햇살이 비쳐들 뿐 하늘은 보이지 않는다. 작열하는 태양도 그쯤에서 멈춰버린 듯 숲 속은 서늘한 수피나 풀꽃 향기로 가득 차 있다.

六月(유월) 숲에 들어서면

향기로운 풀잎과 수피향기로

꽃들도 제 이름을 잊은 듯

하늘을 우러러보면

상수리나무며 풀푸레나무잎들이 또

제 이름도 없이 열려

새 하늘을 이루어 일렁이고

새소리도 바람소리도

초록향기가 되어

빠져나갈 수도 없는 천길

깊은 노래 소리로 가득 차오른다.

〈녹음 속에서〉

숲 속의 도랑물은 너무 맑고 차다. 여름 더위를 피하기 위해 동네 또래들과 함께 냇가에서 물장구치고 물싸움도 했지만, 혼자 이 숲 속 도랑에 와서 목욕할 때도 있었다. 나무 뒤나 풀 섶에서 누군가 훔쳐본다는 두려움과 아무도 없다는 비밀스런 안도감의 미묘한 감정으로 목욕을 한다. 무리지어 피어 있는 물봉숭아들과 메꽃들이 물 속에 환하게 어릿거린다. 하늘에는 매미소리가 자지러지고 초록빛 숲 속을 꾀꼬리들이 높은 소프라노로 우짖으며 황금빛 날개를 빛낸다. 동화 속에 나오는 숲 속 궁전의 목욕탕이 이럴까. 꿈꾸듯 물 속에 몸을 담그고 있었다.

고향 숲 속 실개천은

풀 숲 향기로 시리고 맑다.

젖은 실개천가 늪으로

무리져 흐드러진 물봉숭아 분홍 물빛

팔월 여름 한낮 숲 속에 드는 햇빛

물봉숭아 물살져 흔들리는

황홀한 번득임

물봉숭아 꽃대궁 속으로 숨은

실개천 속으로

몰래 벗은 여인의 고운 물봉숭아

물소리 매미소리에 여름 한낮

숲 속 가득한 물봉숭아 향기

물봉숭아 사이로

붉고 푸른 율무기가 지나가고

혼비백산 개구리가 펄쩍 뛰고

이름모를 긴 물잠자리가

소리없이 엷은 날개로

물봉숭아에 내린다.

물보다 젖어 있는 물봉숭아가

물빛보다 곱게 일렁이는

물봉숭아.

〈물봉숭아〉

지금도 선명한 기억이 있다. 목욕하고 있는 곳에서 주의 깊게 바라
보면 덤불 속에 깨끗한 짚이 사람 누울 키만큼 가지런히 깔려 있었다.
누군가 이 숲 속에서 밀애를 하고 있다는 생각에 몸이 달아오르고 얼

굴이 화끈거렸다. 《차탈레부인의 사랑》에서 정원지기와 마님이 숲 속에서 펼치는 사랑의 광경을 떠올린다. 저 덤불 속에서 사랑을 나눌 때 물봉숭아를 꺾어 바쳤거나 사랑하는 이의 벗은 몸 위에 물봉숭아꽃을 따 놓으며 사랑을 나누지 않았을까.

숲은 꿈꾸는 초록색 궁전이다. 숲은 살아 있는 지상의 모든 것이 사랑을 나누는 은밀한 곳이다. 그 위로 푸른 하늘과 태양이 빛난다. 숲은 잠시도 쉬지 않고 일렁이며 자라나고 확장하며 생산한다.

싱싱하고 거대한 관능의 세상을 떠올리게 하면서도 숲은 우리의 삶과 역사를 포용하고 있다. 큰 아들이 어떤 기업의 대리로 있을 때 사보의 '사우가족 탐방' 란에 가족사진과 기사가 나오고 〈물봉숭아〉가 게재된 것을 보고 기뻐했던 생각이 난다.

흔들리며 꾸는 꿈
패랭이꽃

패랭이꽃들은 해죽해죽
우리들을 따라 다녔다.
맑고 또렷한 눈, 코, 입
가늘고 단단한 몸매…
전쟁은 또 한 고비
뜨거운 이름들을
이 돌자갈밭에 흩뿌리고…
저 오똑한 코 밑으로
바르르 떨고 있는 패랭이꽃.

6·25동란 때 피난을 가지 못하고 산촌고향에서 전쟁을 겪었다. 고향마을 앞길로 적군이 계속 지나갔다. 비행기에서 퍼붓는 기총소사에 숲에 숨었던 마을 사람들이나 적군들은 혼비백산 시냇가 자갈밭으로, 논밭으로 흩어져 달아났다. 자갈밭의 돌멩이들도 불을 뿜었다. 하얀 자갈밭이 쓰러져 신음하는 사람, 죽어 넘어진 사람들의 핏자국으로 붉게 빛났다. 강 옆으로 패랭이꽃도 붉게 피어 있었다.

이라크 전쟁의 비참한 모습을 텔레비전 뉴스로 보면서 왜 인간들은 전쟁을 하지 않으면 안 되는가 생각해 본다. 동족상잔의 6·25동란이 다시 떠오른다. 동란이 일어난 지 육십 여년이 되었지만 숲가로 흐르는 시냇물은 그대로이다. 시냇가 자갈밭에 붉은 패랭이꽃도 아직 피어 있다.

패랭이는 쪽 곧은 가는 줄기에 대나무처럼 튀어나온 마디가 있다.

잎은 가는 선 모양으로 좁고 길며 서로 맞서 난다. 여러 대가 그루를 이루는 패랭이꽃은 몸 전체가 희뿌연 회백색을 띄고 있어 다른 야생화들과는 좀 색다르다. 특히 꽃잎 다섯 장이 날개로 퍼진 것이 마치 카네이션을 한 겹으로 펼친 모양이어서 종종 외래종이란 착각을 갖게 한다. 꽃잎 끝이 톱날처럼 얇게 갈라져 있는 것도 별다르다.

가녀린 모습의 붉은 꽃과 뻣뻣한 꽃대궁을 볼 때마다 냇가 자갈밭에서 피를 뿌리며 유명을 달리했던 생명들이 눈앞에 아른거린다. 그들은 아마 별이 되어서 저 패랭이꽃을 내려다 보고 있지 않을까.

패랭이꽃들은 해죽해죽
우리들을 따라 다녔다.
맑고 또렷한 눈, 코, 입
가늘고 단단한 몸매…
전쟁은 또 한 고비
뜨거운 이름들을
이 돌자갈밭에 흩뿌리고…
저 오똑한 코 밑으로
바르르 떨고 있는 패랭이꽃.

〈패랭이꽃〉

팔월의 여름은 덥고 시냇가 자갈밭은 뜨겁다. 선연한 핏자국은 돌멩이 속으로 흙 속으로 스미고 붉은 패랭이꽃은 더욱 선연한 핏자국처럼 피어 있다. 패랭이꽃을 바라보면서 핏자국을 떠올리는 체험은 불행한 체험이다. 하지만 해방과 6·25동란을 겪은 세대에게는 그리 낯선 체험은 아니다. 그 체험이란 것도 대상자의 삶에 있어 얼마나 큰 충격을 주었느냐에 따라 기억되는 모습도 다르다.

사람들이 겪은 수많은 일들이 잊혀지지 않고 모두 기억되어진다면 그 또한 불행이다. 기억하고 싶지 않은 일들을 어느새 잊어버리는 것은 얼마나 다행인가.

패랭이꽃잎의 작고 연약한 다섯 잎은 별을 연상케 한다. 꿈꾸는 별처럼 흔들리며 빛난다. 시냇가 자갈밭에 떠 있는 별들은 비명에 간 어린이의 꿈과 만나고 있는지도 모른다. 그들이 하고 싶었던 일이나 가지고 싶었던 물건들의 이름들을 서로 얘기하겠지.

전쟁으로 인해 비명에 간 지상의 어린이들이 부르고 싶었던 노래는 저 봄날의 새소리와 여름 물소리 속에 섞여 있다. 그들이 신음하며 울부짖던 아픔은 저 겨울 눈보라와 가을의 떨어지는 잎새들의 비감함에 묻어 있다. 그들이 남기고 간 예쁜 이름들은 부모와 이웃과 친구들의 가슴에 남아 꿈을 꾸거나 끝없는 환상의 날개를 달고 날고 있다.

이라크전쟁에서 두 팔이 잘려나간 열두 살 소년 알리가 텔레비전에 나왔다. 알리의 꿈은 의사가 되는 거였다. 영국 정부에서 알리를 돕겠다고 하고, 다른 기관에서도 그의 치료에 관심을 가지고 있지만, 그의 꿈을 이룰 수 있을지는 알 수 없다. 알리는 인터뷰에서 "당신들이 찾아 준 자유란 이런 것인가"라며 울부짖었다. 전쟁은 죄 없는 어린이들의 무구한 꿈을 앗아가고 자연과 인간이 쌓아 올린 소중한 것들을 말살시킨다.

1895년 피어스 미 대통령이 인디언 부족들에게 그들이 조상 대대로 살아온 땅을 팔라고 강요하자 시애틀 추장은 이렇게 대답한다.

우리가 어떻게 하늘을 사고 팔 수 있단 말인가? 어떻게 대지의 온기를 사고 판다는 말인가? 신선한 공기와 재잘거리는 시냇물을 어떻게 소유할 수 있다는 말인가? 우리는 대지의 일부분이며 대지 또한 우리의 일부분이다. 들꽃은 우리의 누리고 사슴, 말과 얼룩독수리는 우리의 형제다. 바위투성이의 산꼭대기, 강의 물결과 초원의 꽃들의 수액, 조랑말과 인간의 체온. 이 모든 것은 하나이며 모두 한 가족이다. (중략) 인디언들은 수면 위를 빠르게 스치는 부드러운 바람을 좋아한다. 그리고 한낮의 소낙비에 씻긴 바람의 향기와 바람이 실어오는 잣나무 향기를 사랑한다. 나의 할아버지에게 첫 숨을 베풀어 준 바람은 그의 마지막 숨도 받아줄 것이다. 바람은 아이들에게 생명의 기운을 넣어준다.

서울 사는 큰아들이 휴가를 맞아 내려왔다. 모처럼 부자(父子)가 함께 등산을 하기로 계획을 세워 고향의 주흘산(主屹山, 1106)에 가기로 했다. 주흘산은 고향에 있는 높은 산 중의 하나이지만 한 번도 정상에 올라보지 못했다. 애비는 평생을 교직에 파묻혀 있고, 아들은 저 나름대로 공부하느라 부자가 함께 가까이서 등산이나 낚시를 해본 적이 별로 없던 터였다. 늙은 애비와 사십대의 아들이 동행하는 산행이어선지 조금 흥분되기도 했다.

조령 제1관문인 주흘관을 들어서자마자 곧바로 산길이었다. 한참을 올랐더니 유명한 여궁(女宮)폭포가 나타났다. 그 이름이 말해주듯이 여체의 하복부 같은 부분에서 폭포수가 기세 좋게 떨어지고 있었다. 그것을 부끄러워 가리듯이 폭포 앞쪽 반쯤을 바위병풍이 막아선다. 밖에서 보면 폭포수가 보일 듯 말 듯 하고 폭포수 소리만 요란했다. 신비스러운 폭포였다.

산은 가팔라지고 길이 험했다. 아름드리 소나무들이 쓰러져 누운 아래로 빠져가기도 하고 그 위를 타고 넘기도 했다. 일제침략기에 송진을 채취했던 칼자국들이 노송마다 흉터처럼 남아 있었다.

숨이 차서 쉴 때마다 뒤돌아보면 울울한 숲과 깊은 골짜기와 거슬러 오르는 골짜기 바람, 발아래로 조아려 드는 산의 연봉들이 장관이었다. 정상에 오르니 저녁 무렵이었다. 오르는 쪽의 반대편은 절벽으로 이루어져 아찔했다. 다른 산의 정상과 다른 점이었다.

하산할 때는 조령 제2관문인 조곡관(鳥谷關) 골짜기를 택했다. 조곡관에는 해가 지고 부자는 흐뭇한 산행을 즐기며 산 아래로 내려왔다. 내려오는 길에 한 무리의 패랭이꽃이 아름답게 피어 있었다.

초록 치마 흰 저고리 여인

옥잠화

흰 무서리가 내린 날
남겨둔 것 하나 없이
가마득히 높은 하늘에
희고 긴 목을 뽑아 날아가는
하얀 옥비녀 옥비녀.

비녀는 옛날 우리 여인들이 머리를 뒤로 모아 쪽진 머리에 꽂던 막대모양의 물건이다. 신분에 따라 그 재질이나 길이나 장식들이 달랐다. 지금은 거의 사라지고 민속박물관에서나 만날 수 있지만, 조선시대의 풍속화에는 아름다운 여인들이 검은 머리에 비녀를 꽂은 쪽진 머리로 교태를 뽐내는 모습이 많이 그려져 있다. 비녀가 아름다움을 돋보이게 하는 여성들의 장식물이었던 것이다.

어머니께서도 머리를 단정히 빗으시고 하얀 은비녀를 꽂으셨다. 똑바른 가리마와 가지런히 빗긴 머리결과 단정히 꽂힌 비녀는 흐트러짐 없는 길을 가라는 묵언의 가르침이 분명했다. 옥잠은 옥으로 만든 비녀이다. 활짝 피기 직전의 옥잠화 꽃 모양이 긴 비녀모양으로 생겨서 붙여진 이름인 듯하다.

산나물을 뜯으러 가면 옥잠화의 번들거리는 커다란 잎을 보게 된다. 잎들이 뿌리 밑에 모여 비스듬히 서 있다. 어른 손바닥보다 조금 더 큰 계란형으로 끝은 뾰족하고 윤택이 나며 선명한 잎맥이 십여 개 나란히 그어져 있다. 옥잠화 잎은 맛있는 산나물인데 봄에 뜯어서 국도 끓여 먹고 여러 가지 무침이나 조림을 해 먹는다.

뿌리에서 한 자(尺) 내외의 줄기가 나온다. 여름이 되면 줄기 끝에 하얀 비녀 모양의 긴 꽃 십여 개가 한 줄에 핀다. 꽃잎이 크고 꽃이 하얗고 길며 단순하나 잎과 꽃이 어우러진 모습은 너무 깨끗하고 우아하다. 그래서 관상용으로 많이 심는다. 뜰에 심어놓은 옥잠화가 하얗게 필 무렵에 〈옥잠화〉라는 시를 썼다. 커다랗고 윤기나는 초록 잎이며, 쭉 뻗어 오른 꽃대궁 위로 옥비녀처럼 피어 있는 꽃숭어리가 마치 우아하고 청순한 여인의 조상(彫像) 같다.

고운 초록 치마 흰 저고리로 성장한 삼십대 여인을 닮았다. 훤칠한 키와 아름다운 눈과 눈썹, 흰 이마 위로 검게 쪽진 머리에 꽂힌 하얀 옥비녀의 미인을 연상한다. 어쩌면 저만치 역사 속에 서 있는 이 나라의 차갑고 뜨거웠던 여인의 모습인 듯도 하다.

이젠 되돌아 갈 수도 없는

초가을 잎새에 서서

흰 저고리 초록 치마의 누이

추억보다 더 맑은 가을 눈빛

그 흔한 눈물로 이젠 영글어

옥비녀를 찌른 머릿결 올올이

뜨락에 심은 옥잠화 포기가 너무 불어났다. 뿌리를 가르기 위해 나리꽃뿌리처럼 둥글게 생긴 것을 쪼개서 화분에 옮겨 심은 것이 화근이었다. 잘못 되어서 죽고 말았다.

귀중한 산야초들을 보면 욕심이 나서 마구 채취해 와서는 살리지 못하고 죽이는 일이 많다. 언젠가는 이웃들과 함께 전라북도 지방에 산행을 갔다가 춘란 군락지를 만났다. 일행들에게 춘란이라고 일러주었더니 모두 정신없이 춘란을 채취했다. 나중에 그들에게 춘란이 어떻게 되었느냐고 물었다. 대부분이 실패했다는 말을 듣고 후회한 적이 있다.

산야초를 잘 관리하지 못하는 우리들도 문제지만, 더 크게는 우리의 것을 지키지 못하는 정치와 문화도 큰 문제는 문제다. 우리나라의 주요한 식물 종자나 종(種)의 귀중한 정보들이 외국과학자나 연구기관들에 의해 해외로 유출되고 있다. 풀 한 포기, 씨앗 한 톨이 우리의 자연과 삶을 지키고 풍요롭게 하는 것은 말할 것도 없고 나아가서는 우리의 생명과 문화에 깊이 연관되어 있다. 이것은 참으로 두렵고 소중한 진실이다.

외국에서 수입되었거나 알 수 없는 경로로 들어온 식물이나 동물들은 대부분 국내 토종들보다 번식력, 생장력, 체질, 식성, 적응력, 내성 등이 월등히 우수하다. 그들이 토종들의 생태계를 크게 교란시키고 있다. 그들에 의해 종의 멸종까지도 가정할 수가 있어 더욱 위협적이다. 국가 차원에서 식물이나 동물을 수입할 경우에 세밀한 조사 연구와 사후 영향에 대해 검토한 후에 수입해야겠다.

널리 알려진 대로 황소개구리, 블루길(외국붕어), 빨간귀거북 등은 담수어족을 잡아먹는다. 그들은 천적도 없어 생태계를 교란시켜 토종들의 자리를 잠식해 가고 있다. 외래 식물인 양미역취는 좋은 조건 아래에서는 한 포기에서 백만 개의 종자를 만들어 낼 수 있으며, 큰비자루국화는 포기당 육십여만 개의 종자를 만들어 퍼뜨릴 수 있다니 그 위력이 가히 짐작을 뛰어 넘는다.

얼마 전에는 우포늪에서 외래어종인 블루길 없애기 행사를 하였다. 족대나 반두로 건져 올리는 고기들 중에 거의가 블루길이었다. 그 뱃속을 갈라보았더니 그 속에는 토종 붕어들과 물고기들이 가득 들어 있었다. 안타까운 일이다. 어떤 방법을 강구하더라도 외래어종을 없애는 일을 계속해야 한다.

저 휘청거리는

잡동사니 생각을 하노라면

하나 둘 내 곁을 떠나가는

무색 투명한 것들의 정체

오늘은 풀 곁으로 걸어가

제자리에 서서

풀잎의 나부끼는 어름에

떠나간 것들이나

기다려 볼까.

〈풀잎 곁에서〉

하나 둘 사라져가는 우리들의 풀포기나 나무, 물고기, 짐승, 새, 곤충들을 방치하고 부분적으로만 보호하는 시행에서 벗어나야 한다. 토종 생물에 대한 전면적 연구기관을 별도로 환경부나 농림수산부에 설치해도 좋겠다. 거기서 종자, 번식, 보호, 해외유출방지 등에 대한 적극적인 연구가 있어야 하겠다. 우리 생명체를 보호하는 것은 말할 것도 없고 유전자나 종자에 대한 연구를 외국연구기관과 연대하거나 외국연구기관에 비싼 값을 받고 자료 제공을 하는 등 체계적인 관리가 절대적으로 필요하다. 그것이 곧 우리의 정체성을 지키는 일 가운데 하나라고 확신한다. 그것들은 값으론 따질 수 없는 우리의 자산 중의 자산이기 때문이다.

곱게 빗은 쪽진 머리의 비녀와 우아한 한복을 차려입은 여인을 명동거리나 종로거리에서도 찾아 볼 수 없는 시대에 우리는 살고 있다. 생태계에서나 문화계에서 유입되는 외세는 그만큼 공격적이고 강력하다. 우리 것을 지키고 계승하는 일은 너무도 힘겨운 일이다. 세월이 지날수록 옥잠화를 닮은 초록 치마 흰 저고리의 여인이 그립다.

하늘을 담은 작은 얼굴
달개비꽃

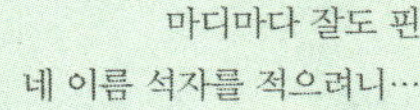

山所(산소)가 있고
녹두밭이 있고
그 때의 이슬밭 햇살에
당도하지 못하는
내 마른 눈물자국
방명록 한 구석에
마디마다 잘도 핀
네 이름 석자를 적으려니…

여름의 산촌 아침은 신선하다. 맑은 햇살
이 마악 비쳐오는 사이로 산안개가 날아오르고 숲 속에서 새들이 지저
귐을 시작한다. 이슬이 내린 밭둑길을 걷다보면 어느새 바지가랭이가
흠씬 젖는다. 밭둑가에는 푸른 달개비꽃들이 더더욱 파랗다. 누군가
흰 천 위에 남색 물감을 쏟아 부은 것처럼 눈부시다. 맑은 이슬에 젖어
있는 영롱함을 보고 있노라면 작은 꽃송이들이 이렇게 아름다울 수 있
을까하는 생각이 든다.

달개비꽃의 원래 이름은 닭의장풀이며 달개비는 속명이다. 또 다른
속명으로는 닭의밑씻개, 닭의꼬꼬, 닭개 등이 있다. 일년생 풀로 높이
15Cm~50Cm까지 자라며 인가 부근, 길가, 둑 밑이나 울타리 밑, 밭가
에서 흔히 볼 수 있다. 유월에서 시월 사이에 짙은 하늘색 꽃이 핀다.

연한 파란색 꽃잎은 어찌 보면 슬픈 운명을 지닌 연인의 모습이다.
파란 하늘색이 슬픔을 더욱 깊게 하고 간절하게 한다. 아침 이슬에 맑

게 젖어 있는 꽃을 바라보고 있으면 그것이 잡초덩이가 아닌 맑은 구
슬들을 실에 꿰어 놓은 듯한 모습이다.

새벽 이슬밭에서 만났다.
나도 감동에서 벗어난
그런 나이에 만났다.
네 얼굴에 맺힌 자잘한 하늘이
어디서나 떠난 뒤란 걸 알았다.
山所(산소)가 있고
녹두밭이 있고
그 때의 이슬밭 햇살에
당도하지 못하는
내 마른 눈물자국
방명록 한 구석에
마디마다 잘도 핀
네 이름 석자를 적으려니…

〈달개비꽃〉

달개비꽃은 닭똥들이 널려 있는 울타리 밑이나 퇴비장 언저리에 피
었다. 녹두밭 안쪽까지 뻗어 온 달개비를 뽑아내는 일은 다른 잡초를
뽑는 것보다 쉬웠다. 달개비는 원뿌리가 있고 거기서 나온 줄기가 흡

사 대나무마디 모양으로 뻗어나간다. 그 줄기들은 땅바닥에 닿아서 마디마다 뿌리를 내리며 뻗어나가거나 비스듬히 자라난다. 뻗어나온 마디에서 새로운 뿌리가 나오기 때문에 마디가 떨어져도 다시 살아나는 생명력이 왕성한 풀이다. 원뿌리만 잡아 당겨 뽑으면 뻗어나간 곁줄기들이 딸려 나오며 뽑히지만, 마디마다에 새 뿌리가 내려 있기 때문에 마디부분에서 뚝뚝 끊어지기도 한다.

녹두밭에서 뽑은 달개비 줄기들을 둘둘 말아서 밭둑가에 두면 뜨거운 여름 햇볕에도 말라죽지 않고 다시 되살아난다. 줄기에 수분이 많고 마디마다 뿌리가 나 있어서 그렇다. 작고 가녀리지만 아름다운 꽃을 피우기 위해 이 전방위적인 생명보존의 능력을 가진 달개비꽃이 우리에게 일러주는 말은 무엇일까.

하등생물일수록 그런 본능이 많다고 한다. 유별나게 생명에 대한 애착이 많은 인간에게 있어서 그런 본능이 없다는 것은 고등동물로서 누리는 다양한 기능과의 균형을 맞추기 위해서가 아닐까. 그러나 인간도 줄기세포의 배양기술과 활용으로 불로장생할 수 있는 시대를 꿈꾸고 있다. 생명을 연장하는 기술이 발전하는 게 나쁠 것은 없겠지만, 지금 지탱할 수 있는 생명이라도 소중히 보존할 수 있는 생명존중사상이 더 급한 일이다.

의견이 안 맞는다고 칼로 찔러 죽이는 일, 유괴범들이 돈을 요구하며 어린 생명을 앗아가는 일, 목소리가 애인의 친구 목소리 같다고 해서 살해하는 어처구니없는 일. 수많은 형태의 청부살인, 택시강도들의 유부녀 살해 등 인간의 소중한 생명이 그 길지 않은 수명마저도 다 채우지 못하게 하는 일들이 너무나 많이 일어나고 있다. 음식물에 유해 물질을 넣어 제품을 만들고 약품에 치명적인 이물질을 넣어 제조해 판매하는 악덕업자들까지 있으니 이들도 우리의 생명을 갉아먹는 살인자들이다.

어느 날 뜨락에 나섰더니 철쭉나무 밑에 달개비꽃 한 포기가 피어 있다. 몇 마디 되지 않는 줄기에 파아란 달개비꽃이 몇 송이 달려 있었다. 너무 반가워서 달개비꽃 옆에 가만히 앉았다. 고향의 여름, 아침 이슬 길을 걸어 녹두밭가에서 만났던 그 달개비와 조금도 다르지 않았다. 연약하나 아름다웠던 파아란 달개비꽃. 햇빛이 마악 부셔오는 아침 하늘과 새소리 속에 있었던 그 때의 정경이 나를 에워싸는 듯했다.

파아란 하늘빛 달개비꽃이 저 철쭉꽃나무 밑에 피어 있다. 작은 하늘처럼 피어 있다. 하늘을 우러러 보았다. 거기에도 파아란 달개비꽃이 피어 있다. 이물질이 조금도 섞이지 않은 저 파아란 달개비꽃에 내 이름 석 자를 적어 넣고 싶다.

높은 풀두덩에

키 큰 풀잎들이 바람에 쓸린다

고개를 젖히고 올려다보면

나도 하늘 가까이서 나부낀다

구름이 내 어깨 위로 지나가고

푸른 바람이 가지런히

내 머리칼을 누인다

지상에 잡혀 있던 발목들이

멀리 멀리 조랑말을 타고

나비를 타고 떠나간다

냄새나는 이름들의 이빨들이

푸른 바람에 씻겨간다

숲을 지나고 호수를 건너

더 먼 곳에 그 푸른 풀두덩 위로

바람보다 가볍게 나부끼며…

〈푸른 풀두덩〉

푸른 달개비꽃 빛깔의 하늘을 우러러보면 그렇게 맑고 깨끗해지고 싶다. 고개만 조금 뒤로 젖히면 그 푸른 하늘을 볼 수 있는데 하루 한 번도 하늘을 우러러 볼 시간이 없다. 아침저녁 마주치는 사람들, 직장 동료나 상사, 주변에 흩어진 사물들을 보느라 하늘을 볼 시간이 없다. 상대하는 사람과 사물들에게 정신을 빼앗기기 때문에 스스로를 들여다 볼 시간이 없다. 푸른 하늘이 있다는 사실도 잊고 있다.

다행히도 어느 날 문득 하늘을 우러러보면 거기엔 아무도 없고 스스로 혼자인 것을 발견한다. 스스로에게 묻고 대답할 수 있는 여유를 갖는다. 잊어버리고 있던 이름, 성격, 가족, 친구, 지나간 일들, 사랑, 헌신, 봉사, 화목, 명예 등에 대해 혼자 이야기한다. 그것들은 한 순간에 전광석화처럼 지나갈 수도 있지만 가슴과 머리에 깊이 각인된다. 마음이 비워진 때문이다. 나부끼는 한 잎 풀잎에도 의미를 부여하고 풀벌레 소리에도 깊이 귀 기울이게 된다. 푸른 하늘처럼 맑고 신성하게 된다.

젊은 시절, 일요일이면 초등학교 다니던 둘째와 도시락을 싸가지고 남한강변으로 탐석을 나갔었다. 맑고 푸른 강물이 굽이쳐 흐르고 강가에는 달개비꽃이 가득했다. 그 물속을 들여다보면서 검은 오석(烏石)을 찾는 일은 몇 시간을 해도 지치지 않았다. 맑은 강물의 굽이침, 푸른 하늘, 솟아 있는 초록빛 산, 흰 모래밭, 눈부신 햇빛과 우거진 초목들이 기(氣)를 불어넣어 주기 때문이다.

칡꽃

이런들 저런들 뒤엉킨
네 기나긴 天壽(천수)를 막지 못해…

산길을 걸으면 무성한 초목들의 기운과 그 풋풋한 향기로 가슴속이 뿌듯해지고 힘이 솟는다. 풀과 나무는 우리에게 많은 것을 깨닫게 하고 스스로를 돌아보게 한다. 말 없는 현자 같다. 그래서 스스럼없이 가깝게 느껴지다가도 가끔 두려움을 느끼게도 한다.

여름 산에 들어서면 그 왕성한 꿈틀거림이 보이는 듯하다. 칡넝쿨은 소나무, 참나무, 물푸레나무, 굴피나무, 산벚꽃나무들을 휘감아 올라간다. 키 작은 나무들에선 서로 뒤엉켜 커다란 돔 모양의 덤불을 이루기도 한다. 손가락 굵기의 덩굴로 나무를 휘감으니 나무도 성장할 수가 없어 큰 소나무들이 말라죽는다.

큰 나무에 칡넝쿨이 감겨 있거나 수십 가닥씩 굵은 동아줄처럼 매달려 있는 것을 볼 때마다 저것을 잘라줘야 한다는 걱정이 앞선다. 동네 가까운 노송에도 그런 모습을 보게 되어 안타까울 때도 있다. 동네 사람들이 좀 더 관심을 가졌으면 하는 바람을 갖다가도 문득 칡넝쿨의 왕성한 열정을 생각하면 고개를 흔들고 만다. 지칠 줄 모르는 칡넝쿨의 생장력은 인간을 독려하는 큰 가르침이다.

칡꽃은 칠월에서 구월 사이에 핀다. 적갈색 또는 연한 보라색의 나비 모양인 작은 꽃들이 포도처럼 커다란 송이로 주렁주렁 매달려 있다. 독특한 감미가 나는 꽃향기와 아름답고 큰 꽃숭어리는 거침없이 휘감아 나가는 칡의 강인한 모습을 보는 것 같다. 타오르듯 더운 여름 한낮에 짙푸르게 휘감겨 뻗어 나가는 칡넝쿨과 그 사이사이로 탐스럽게 매달린 커다란 꽃숭어리들은 생의 눈부신 환희이다.

조화롭다는 것은 참으로 중요하다. 건강한 남성과 아름다운 여성의 긴 포옹과 입맞춤은 빛나 보인다. 정치가의 입에서 흘러나오는 부드러운 익살도 아름답다. 돌확에 괸 물 위에 떨어진 꽃잎도 아름답다. 철책에 휘감겨 뻗어가는 붉은 사계화는 더 아름답다. 이성과 감성이 조화된 지식인이 더 미덥다. 대립하던 상대방과 타협하고 관용을 보이는 모습은 서로를 편하게 하고 신뢰하게 만든다.

내편이 아니면 모두 적이란 편 가르기와 가차 없이 섬멸하겠다는 살벌한 언행들이 난무하는 현실이 두렵다. 강함과 온건함이, 빠름과 느림이, 열정과 기도가, 기교와 단순함이, 화려함과 간결함이 서로 조화롭게 균형을 이루는 소망스러운 사회를 꿈꿔 본다.

봄이 되어 날씨가 풀리면 칡뿌리를 캐러 간다. 겨우내 속을 다졌을 칡뿌리를 생각하면 발걸음이 가볍다. 하지만 굵고 긴 칡뿌리는 여간 캐기에 힘이 든다. 칡뿌리는 갈근이라 하여 약재뿐 아니라 식품으로도 매우 소중한 구실을 했다. 쪼개 말려서 주머니에 넣고 다니면서 씹으면 아리고 달짝지근한 즙이 나왔다. 보릿고개 때는 칡뿌리로 연명하는 사람이 많았고, 칡뿌리를 갈아서 만든 갈분은 구황식품 가운데서도 최고로 쳤다. 칡즙은 지금도 건강보조식품으로 각광을 받고 있다.

칡의 줄기는 삶거나 물에 삭혀 섬유를 내서 옷감을 만들어 입었다. 줄기를 말려서 삼태기를 만들고 도리깨 묶는 끈, 닻줄, 건축의 부재(副材), 퇴비, 가축의 사료 등 생활의 모든 부분에 요긴했다. 칡꽃은 주독과 하혈에 잘 듣는 약재로 쓰였다. 갈근탕은 감기, 천식, 초기 결막염, 신경통에 두루 이용됐다.

교사 시절 토끼 먹이용 풀을 가져오라면 아이들은 주로 칡잎이나 아까시잎을 뜯어왔다. 칡잎은 크고 넓어 분량이 잘 불어나기도 하지만 토끼가 아주 잘 먹었다. 칡꽃을 함께 따오는 아이도 있었다. 칡꽃을 가려내어 꽃병에 가져다 꽂았다. 교실 안이 포도송이처럼 매달린 꽃숭어리로 가득했다. 은은한 향기가 교실을 채웠다.

李朝白瓷(이조백자)에 꽂힌

보랏빛 칡꽃 한 덩이

저 깊은 굴형 속에

마른 천둥은 울려

벼랑 끝에끝에 매달린 번갯불

胡馬(호마)와 朕(짐)과 바다와

이런들 저런들 뒤엉킨

네 기나긴 天壽(천수)를 막지 못해…

〈칡꽃〉

중부전선의 칠월은 덥다. 주 저항선의 참호 속에 자동소총을 북쪽으로 가늠해 놓고 밖을 바라본다. 대성산이 보이고 멀리 김일성고지, 낙타고지, 백마고지가 아물거린다. 건빵을 우물거리기도 하고, 어쩌다 뛰어 들어온 메뚜기와 함께 놀기도 한다. 큰 암컷 메뚜기 등에 작은 수컷 메뚜기가 달랑 업혀 짝짓기 하는 한 쌍이 들어 왔을 때는 참호 속이 팽팽하게 긴장된다. 잠시 후방의 모습들이 스쳐 지나간다. 어째서 메뚜기 종들은 수컷들이 저렇게 작을까? 여치, 베짱이, 사마귀, 철썩이, 방아깨비들은 모두 수컷의 체구가 암컷보다 작다. 자연계에서는 큰 것만이 능사가 아닌 모양이다.

삼복더위에 실시하는 행군이나 가상전투훈련은 너무 힘겨웠다. 완전군장을 하고 M1소총 무게의 2배나 되는 자동소총을 배낭 위에 올려 놓는다. 수십 킬로미터의 산길을 걷는 행군은 목구멍에 뜨거운 불길을 확확 치밀게 한다. 어떤 병사들은 길바닥에 그냥 쓰러진다. 그 옆으로 뒤엉킨 칡넝쿨이 짙푸르고 칡꽃들이 탐스럽게 피어 있다. 여기저기 녹슨 철조망들이 칡넝쿨과 뒤엉켜 지난 날 격전지였음을 말해준다.

공격 명령이 떨어지면 가상 적군을 향해 내달린다. 철조망에 걸려

넘어지고, 칡넝쿨에 빠져 허우적거린다. 밤에는 얼굴에 흙칠을 하고
모든 쇠고리가 소리 나지 않게 묶어 맨다. 야간침투나 행군이다. 달빛
에 칡넝쿨이 푸르다.

주눅들지 않는 삶의 등불
민들레꽃

말똥 속에서 피어나는 꽃.
바퀴 밑에서 피어나는 꽃.
분 바르고 기다리는
산 너머까지
겨울 빛에 북받치는 서러움까지
이 논둑 밑에서 피어난다.
저 밭둑 밑에서 피어난다.

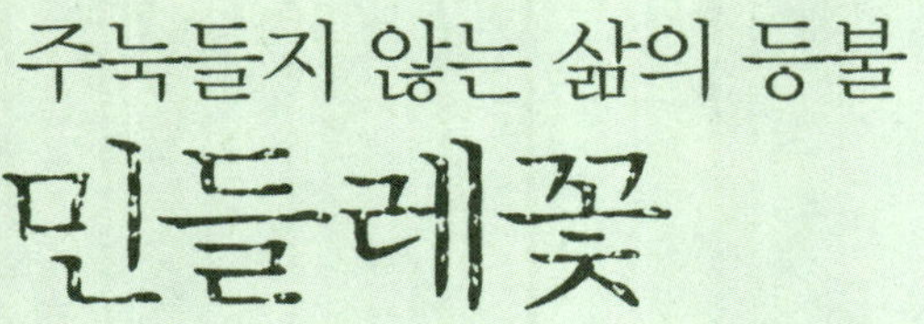

고갯길을 오를 때면 스스로에 대해 생각

해보는 버릇이 생겼다. 척박한 곳에서도 아름다운 민들레꽃이 피어 있

는 탓이다. 민들레꽃이 주변을 환하게 비추는 등불 같이 느껴졌다. 힘

겹고 고단한 환경을 이겨내고 가장 낮은 자세로 당당하고 환하게 피어

있다. 끊임없이 고개를 오르게 하는 힘을 준다.

사월이 되면 개나리, 진달래가 산야를 물들이지만, 풀밭이나 밭둑이

나 길섶에서 피는 풀꽃 중에서 가장 아름답고 환한 꽃은 단연 민들레

꽃이다. 알맞은 꽃송이, 아주 낮은 키, 어떤 지저분한 곳에서도 주눅

들지 않고 활짝 핀다. 노란 꽃빛의 환한 모습이 가슴을 따뜻하게 하고,

평온하고 친근감을 준다. 연약하거나 힘없어 보이지 않고, 강인한 근

성을 속으로 보듬고 있는 듯하다. 공부 잘하고 착했던 누이 같다.

얼마 전 누이로부터 전화가 왔다. 생일에 못 가뵈어서 죄송하다면서

눈물을 훌쩍였다. 눈시울이 뜨거워졌다. 청년 교사시절 객지까지 찾아

와 반가와 하던 환하고 예뻤던 누이였다. 육십이 가까운 누이가 전도
사가 되기 위해 신학대학에 입학했다는 말을 들었다. 속으로 감사하면
서도 멈칫 놀랐다. 유능한 전도사가 되어 많은 사람들의 가슴에 사랑
과 평화를 심어 주길 간구하면서 전화를 끊었다.

　나른한 어느 봄날 오후였다. 높은 고개를 넘어가야 내일 수업을 할
수 있었다. 고개를 오르려는 초입새 길섶에 민들레꽃이 피어 있었다.
민들레꽃은 대개 많은 사람들이 짓밟아 놓은 풀밭이거나 차바퀴에 짓
눌린 길섶이거나 쇠똥과 염소똥들이 널려 있는 곳에 핀다. 잎은 모두
뿌리에 붙어 땅에 깔린 채 방사형으로 퍼진다. 뿌리는 굵고 깊이 박혀
있다. 사월에서 유월 사이에 노란 꽃을 피우지만 흰 꽃 민들레도 더러
있다.

말똥 속에서 피어나는 꽃.
바퀴 밑에서 피어나는 꽃.
분 바르고 기다리는
산 너머까지
겨울 빛에 북받치는 서러움까지
이 논둑 밑에서 피어난다.
저 밭둑 밑에서 피어난다.

얼음 풀리는

들녘 끝 아픈 뼈마디들도

이제는 흐르는 물과 바람

옛 초롱불빛이

그대 가슴에 길을 비켜선다.

탱크도 피리소리도

검은 염소떼도 쫄랑쫄랑

금빛 방울을 달고

길나장이를 따라가는

환한 길이 보인다.

〈민들레꽃〉

고갯마루 나무그늘에 앉아 이마에 솟은 땀을 닦는다. 뽀얀 봄, 안개 속 멀리 논밭에선 봄일에 바쁜 사람과 소와 경운기가 보인다.

눈을 감아본다. 새소리들이 더욱 또렷하고, 환한 민들레꽃이 보인다. 고개를 오를 때까지 힘이 되어 준 민들레에게 감사했다. 땅에 붙듯이 자라 앉은뱅이꽃이란 가련한 이름으로도 불린다. 잎과 줄기와 꽃은 물론이고 뿌리까지 봄나물이 되고 약초가 되고 소꿉놀이의 재료가 된다.

꽃자루를 잘라 끝을 조금 문질러 피리를 만들어 불기도 했고, 꽃과 잎으로는 소꿉놀이를 했다. 꽃반지나 꽃시계나 꽃목걸이를 만들어 소꿉동무에게 걸어주었다. 꽃이 지고 씨앗이 익을 때면 씨앗 끝 하얀 홀씨가 솜사탕처럼 매달린 꽃자루를 꺾어서 입으로 분다. 하늘 멀리멀리 하얀 솜털을 단 꽃씨들이 날아간다. 민들레꽃과 함께 아름다운 꿈속으로 날아간다.

민들레꽃이 지고

민들레 꽃씨들이

바람에 둥둥 떠 간다.

이 지구는 무중력 상태

민들레 꽃씨를 위하여

솜사탕처럼 부드럽게 부드럽게

어디론가 날아간다

흐물거리는 총을 거꾸로 메고

낙타 밑에 깔려 있는 사람

머리 위에 앉아 있는 빈 의자

머나먼 은하계 무슨 나라로 가서

가장 작은 손을 가진 인간에게

노오란 민들레 한 송이.

〈민들레 꽃씨〉

앉은뱅이꽃 홀씨의 높은 비상은 더 없이 자유롭고 황홀하다. 지상의 모든 높낮이와 경계를 무너지게 한다. 억압된 제도적 장치와 전쟁을 떠나 아름다운 세상에 안착하고 싶은 마음이리라. 민들레꽃 같은 우주로 날아간다.

　욕심 없는 저 곱고 작은 손에 민들레꽃을 한 움큼 꺾어 건네주며 바라보는 눈 속에는 또 다른 세상이 보인다. 아름다운 세상은 거짓이 없고, 남을 얕보거나 무시하지 않는다.

보일 듯 말 듯한 희망

벼꽃

소리 없는 아우성 같기도 하고
선조들의 눈물 같기도 한 게
아랫도리를 거쳐
불알을 뜨뜻하게 달구고
후끈한 가슴에 와 닿아서는
정신없이 전 山脈(산맥)으로 휘몰아친다.

벼꽃은 너무 작아 눈에 띄지 않는다. 빛
깔도 볏닢을 닮아 피어 있으나 알아보기 힘들다. 아이들 말대로 '쌀나
무'인 탓이다. 대부분의 곡식이 그렇듯, 벼꽃도 화려하지 않다. 열매
맺기에 힘을 다해야 해서인지 꽃에는 보내줄 양분이 없었나 보다. 꽃
이 피어도 흰 암술과 수술이 겨우 눈에 띌 정도이다. 그래서인지 농경
문화 속에서 살아온 우리들이지만, 정작 벼꽃에 대한 관심은 별로 크
지 않다. 과문한 탓인지 몰라도 벼꽃에 대한 시편이나 그림을 접한 기
억이 없다.

드넓게 펼쳐진 논에 푸른 벼가 자라고, 그 벼가 자라는 모습을 보면
서 날마다 풍년과 흉년을 걱정하면서 한 해가 저문다. 벼베기가 끝나
면 거의 일 년 농사가 끝나기 때문이다. 모심기 전후에 가뭄이 들면 모
든 언론들은 저수지의 담수량을 걱정하고, 모내기의 전국 진척상황을
발표한다. 장마 때에는 전국 벼농사의 피해상황이나 농경지 침수 상태

를 걱정한다. 벼농사의 수확량을 예측하여 풍년과 흉년을 잡는다.

지금은 기술이 향상되어 쌀 수확량이 목표량을 넘어선 지 오래다. 보관할 창고도 모자라 벼농사를 다른 농사로 전환시키거나 감축시키려는 정책을 펼치고 있다. 참으로 격세지감을 느끼지 않을 수 없다.

벼가 쭉쭉 커 올라 논을 초록 파도로 뒤덮으면 주인은 물론 이웃들도 힘이 솟았다. 그러던 우리의 농촌정서가 조금씩 허물어지고 있다. 벼가 자라 오르는 모습이 곧 우리의 힘이었고, 들판 가득 벼꽃 향기가 진동할 때 우리들의 신명은 솟아올랐다. 가도 가도 벼꽃 향기에 파묻혀가는 호남선 열차, 달려도 달려도 벼꽃 힘에 얹혀가는 경부선 열차가 그립다.

六七月(육칠월) 논둑길을 걸으면

벼논에서 올라오는

풀내도 아니고 해감내도 아닌

저 기막힌 그런 향기가

가슴 속 깊이 들어와

어느새 온몸에 힘이 뻗친다.

소리 없는 아우성 같기도 하고

선조들의 눈물 같기도 한 게

아랫도리를 거쳐

불알을 뜨뜻하게 달구고

후끈한 가슴에 와 닿아서는

정신없이 전 山脈(산맥)으로 휘몰아친다.

한참 먼 하늘을 바라보면

콧구멍에선 더운 흙내가 나고

귓전엔 어디 먼먼 곳에 숨은

흰 은하수 한 줄기가

푸른 모래톱을 스쳐 지나가는지

사그락거리는

산산한 바람이 인다.

〈벼꽃4〉

초록빛 논벌 위로 백로가 유유히 날아간다. 땀내와 해감내가 은은히 피어오르는 들판은 우리의 풍습과 애환이 피어오르는 진원지인 듯 거대하게 펼쳐 있다.

벽지 학교에 근무할 때였다. 토요일이면 집에 왔다가 일요일엔 학교로 가곤 했는데, 군소재지 읍내까지 버스를 타고 가서 그 곳에서 다시 택시를 타고 들어가는 오지였다.

벼꽃이 피는 때였다. 읍내에서 버스가 섰고, 정류장 근처 어떤 집에 많은 사람들이 모여 있었다. 여자 애무당이 굿을 한다는 것이었다. 아직 굿판은 시작되지 않았지만 여자 애무당은 볼 수 있었다.

다시 생각해도

玉洋木(옥양목)빛이었다.

눈으로 듣는 山川(산천)의 和答(화답).

숭늉에도 한 덩이 구름의 향기.

애무당들 고운 남치마 속이

太白(태백)이나 智異山(지리산)에 걸쳐

징징 南道(남도)징소리를 낸다.

이제사 열리는 한 世上(세상).

속눈썹이 길어서

칭칭 괴는 못물이 질펀하고,

扶餘(부여)나 三韓(삼한) 때의

뻐근한 팔뚝바람이 뻗쳐

저렇게 향기롭고 貴(귀)하구나.

貴하구나.

〈벼꽃〉

    순간 너무 놀라 입을 다물지 못했다. 그 여자 애무당은 내가 담임한 반의 학생이었다. 다른 어린이들보다 몸집이 크고 눈이 큰 성숙한 어린이였다. 정신없이 학교로 돌아와서 그 아이에 대해 알아보았다. 전부터 그런 기미가 있었으며 오늘 처음으로 내림굿을 한다는 것이었다.

그 어린이는 자주 결석을 하였고, 나는 묵인할 수밖에 없었다.

왜 하필 벼꽃 필 무렵에 소녀에게 신이 내렸을까? 벼꽃 필 무렵의 신묘한 기운과 정령들이 소녀에게 내린 것이 아니었을까. 사람들 중에 특별히 신탁이 잘되는 사람이 있어 그런 사람들이 신과 사람의 중간 역할을 하는 영매자가 되기도 한다. 한국의 샤머니즘과 한(恨)의 관계는 깊다고 하니 그 소녀에겐 무슨 풀지 못할 한(恨)이 덧씌워 졌을까.

벼꽃 향기가 논벌에 가득히 피어오르고, 청청한 산이 아득히 높다. 왠지 푸르고 아득한 것이 슬프다는 생각이 들었다.

멀리멀리 있어도

창호지에 어리는

투명한 얼굴들

기름 먹은 가을길로

벼 향기는 익고

말수 적은 너의 귀엣말이

푸르게푸르게

강물에 번득이는 때

하늘은 모든 걸

다 듣고 보았는지

그저 높푸르다.

한 차례 벼 익은 향기가

망연히 또 눈물을 자아낸다.

〈벼 익을 무렵〉

봄부터 볍씨를 뿌려 못자리를 만들고 모를 기른다. 논 구석에서 밤 새 못자리 물도둑을 지킨다. 화학비료가 확산되기 전에는 모를 낼 때에 논배미마다 풀을 베다 넣었다. 논을 갈아엎고 물을 대고 써레로 흙덩이를 잘게 썰고 나래로 편편하게 고른 다음 모심기를 했다. 비가 많이 와도 걱정, 적게 와도 걱정이다. 벼농사를 짓는 이들은 일구월심 벼 포기 자라는 일에 정성을 쏟는다. 그런 벼가 논벌에서 누렇게 익기 시작한다. 이명(耳鳴)처럼 들려오는 벼 포기들의 이야기와 아찔한 향기에 눈물이 핑 돈다.

고혹적인 결사항전
엉겅퀴꽃

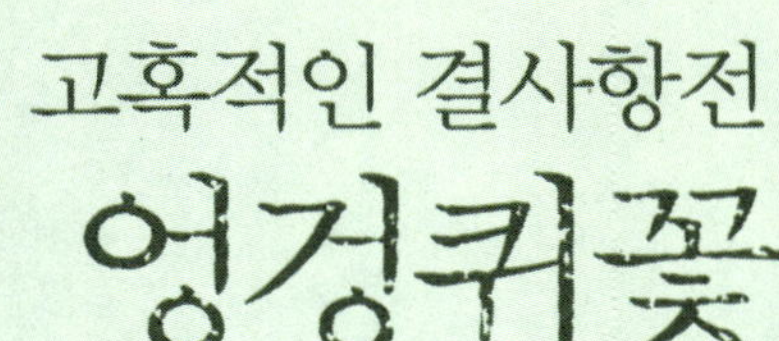

저 후미진
논두렁 밑 일어나는
아지랑이 속을
몰래 넘겨다 보는
실팍한 엉겅퀴꽃.

봄에 들판이나 논둑길을 지나다보면
머쓱하니 키가 큰 엉겅퀴가 보인다. 그 이름만큼이나 험상궂은 가시투
성이의 잎이 나 있다. 톱니처럼 찢어진 억세고 큰 잎 모양은 더벅머리
총각처럼 어수선하다. 뭔가 두리번거리며 찾고 있는 것은 논둑 너머
맑은 개울물에서 빨래를 하거나 나물을 뜯으러 나온 처녀일 것이다.
　봄이 깊어질수록 세상의 음기와 양기가 발동한다. 살아 있는 모든 것
은 저마다 독특한 향기를 내뿜으며 수컷은 암컷을 암컷은 수컷을 부르는
생기로 가득 차 있다. 그들은 모두 상대방을 맞이할 몸을 갖추고 있다.

봄눈 녹은 물에

마른 겨울풀뿌리를

씻고 있으면

솜털마다 돋아나는

어느 시인은 이 시를 풀꽃을 의인화한 시라고 하며 다음과 같이 평했다.

잎과 줄기에 나는 뻣뻣하고 억센 털에서 연상해 낸 것일까. '솜털마다 돋아나는 / 생기' 또는 '몰래 넘겨다보는 / 실팍한'에서 엉겅퀴꽃은 건강한 성적 이미지로 나타나며 '아지랭이 속'에서 그것은 내밀화된다. 내밀화가 성적 이미지를 강렬화함은 물론이다.

잎에 가시를 달고 쑥쑥 자라는 일이나 줄기와 가지 끝마다 푸른빛을 띤 붉은 색 꽃을 피우는 일은 모두 종족보존을 위한 결사항전의 다른 모습이다.

엉겅퀴꽃의 색깔은 너무 고혹적이다. 열대밀림지역에 사는 원숭이나 어떤 동물의 음경 같이 푸르고 붉다. 이런 동물들은 암컷이 시각적 아름다움을 선호하기 때문에 화려하지만 크지는 않다. 인간은 여성이 접촉하는 촉감을 선호하기 때문에 아름다운 색채는 없지만 다른 동물들에 비해 양물이 크다. 여성은 수유의 양보다 유방이 크다. 그것도 남성의 선호에 의한 진화의 결과이다. 좀 민망한 얘기지만 오늘날 유방의 기능과 역할은 수유보다는 아름다운 육체미와 성의 상징으로서 기능하고 있다.

뻐꾸기는 지빠귀, 때까치, 종다리 등의 참새류의 둥지에 한 개씩의 알을 낳아 놓고 날아가 버린다. 지빠귀는 이 사실을 모른 채 자기 알과 함께 부화시킨다. 먼저 부화된 뻐꾸기 새끼는 본능적으로 지빠귀 알들을 모두 밀어 둥지 밖으로 떨어지게 하고 저 혼자 어미 지빠귀의 보살핌으로 자란다.

이런 살벌한 생태환경에서 수컷이 암컷을 차지하려는 싸움은 가히 필사적이다. 산토끼의 번식기가 되면 수컷들은 암컷을 차지하기 위하여 투쟁을 한다. 앞다리를 들고 권투를 하듯이 싸움을 하며, 때로는 뒷다리로 상대편을 차기도 한다. 싸움에 이긴 수컷은 여러 마리의 암컷과 짝짓기를 하는데 주로 밤에 이루어진다.

늑대나 여우는 일부일처제이다. 일이월에 번식하는데 암컷 곁에 있는 여러 마리의 수컷은 비참한 결과가 생길 때까지 싸운다. 곰은 수컷이 암컷을 적극적으로 찾아다니면서 구애한다. 여러 마리의 수컷이 서로 발로 차거나 높은 소리를 내어 한 마리의 수컷이 암컷을 차지한다. 사향노루는 수컷의 사향선이 발달하면서 강한 향기를 발산하여 암컷을 유인한다. 암컷은 수컷에게 추적을 당하면 항상 도망치려 들기 때문에 짝짓기는 쉬운 일이 아니다. 이때부터 암컷을 차지하기 위한 수컷들의 격렬한 투쟁이 벌어진다.

대륙사슴의 수컷들은 세력권에 열두 마리까지의 암컷을 거느린다. 짝짓기가 이루어질 시기에는 수컷들이 비명과 같은 특유의 소리를 지르며 공격행동을 한다. 노루도 번식기가 되면 암컷을 사이에 두고 수컷끼리 뿔로 싸운다. 경쟁에서 이긴 수컷이 암컷을 차지하며 이렇게 맺은 인연은 끝까지 지켜나간다. 부부애가 얼마나 좋은지 부부 중 하나가 포수에게 잡히면 다른 하나는 며칠 동안이나 그 근처를 배회하며 슬픈 울음소리를 낸다고 한다.

동물들의 싸움은 건강하고 뛰어난 유전자를 물려주기 위한 종족보존의 본능이다. 노루의 애틋한 부부애를 생각하면 오늘 우리사회의 부부상을 반성해 보게 한다. 엉경퀴꽃빛의 붉고 뜨거운 열정도 중요하고, 그 줄기나 잎사귀 같이 억세고 당당한 힘도 중요하지만, 노루의 부부애처럼 연연한 애정과 변함없는 지속도 소중하다.

억센 것과 부드러움의 조화는 모든 생존법칙의 기본이다. 남성과 여성의 결합은 억센 것과 부드러움의 조화의 중심에 있다. 양성평등시대에 누가 부드럽고 누가 억센지 모호하지만 억센 것만이 지배하면 끊임없는 불화와 싸움이 끊이지 않을 것이 자명하다. 독재와 군국주의는 억센 것만의 지배이기 때문에 국민은 자유롭지 못하고 억압 속에서 고통 받는다. 억센 사람만이 자유롭고 떵떵거리며 사는 세상이다. 노루가 뛰어노는 청산을 바라보며 엉경퀴꽃의 건강한 줄기와 붉은 꽃이 피어 있는 들길을 걸어간다.

서러운 듯 고고한 꽃

도라지꽃

늦여름 장마는 하염없이 떠나고
눈에 익은 野山(야산)들은
앞정갱이가 벗겨지고
가을께로 들어설까 말까.

1961년 5·16 군사혁명이 일어났을 때
였다. 농촌의 부채탕감을 위한 부채액조사가 있었다. 마을을 맡아 각
농가의 부채를 조사하러 다녔었다. 내가 맡은 마을은 학교로부터 한
이십 리쯤 떨어진 곳이었다. 그 마을까지 가는 길은 작은 고개를 두 개
넘고 강가의 벼룻길을 돌아가야 했다.

조사가 끝나고 돌아오는 길도 긴 여름해로 환한 한낮의 더위가 그대
로 남아 있었다. 인적 드문 산골 강기슭이라 그대로 훌렁 벗어버리고
맑은 강물 속으로 뛰어들었다. 푸른 산과 하늘을 우러러 보는 강수욕
의 상쾌함은 이루 말할 수 없었다.

강수욕을 끝내고 천천히 걸으며 강과 산과 비탈밭과 숲과 하늘을 바
라보면서 이곳이 6·25전쟁 당시 격전지라는 생각을 떠올렸다. 유난히
벽자색 도라지꽃이 눈에 많이 띄는 곳이었다.

피아간의 병사는 빗발치는 총탄을 뚫고 저 도라지꽃 옆을 포복해 기

어갔거나 짓밟고 내달렸거나 쓰러졌을 것이다. 저 도라지꽃은 할아버지의 할아버지의 아주 위쪽 할아버지가 본 바로 그 도라지꽃이다. 병사들이 지나가고 쓰러진 자리에 내가 서 있고 저 많은 도라지꽃이 피어 있다.

산 속에서 저만치 우뚝 서 피어 있는 벽자색 도라지꽃은 눈에 확 띄게 아름답고 고고하지만, 어딘가 서러운 듯 외로워 보이기도 한다. 이 산야 어디나 젊은 병사들의 군화와 군복이 스쳐 지나가지 않은 곳이 있으며, 외침과 신음소리가 서려 있지 않은 곳이 있을까.

짙푸른 도라지꽃이 필 무렵이면 장마가 진다. 산골 개울물은 폭은 넓지 않지만 산에서 내리 닥치는 물이라서 물살이 위험하다. 몇 안 되는 남자 교사들은 아침부터 개울가에 나가 어린이들을 업거나 손을 붙잡고 건너 주느라 바빴다. 하교 때도 마찬가지였다.

장마철에 접어들면 저학년의 출석률이 아주 낮았다. 어린이들은 변변한 우산도 없었다. 도롱이나 종이나 비닐포대의 한쪽 밑 부분을 접어 넣어 머리에 썼고, 삿갓 같은 것을 쓰기도 했다. 학교까지 오는 동안 옷은 거의 비에 젖어 있었다. 어떤 어린이는 그 빗속에서도 몇 송이의 도라지꽃이 손에 쥐어 있었다. 그 때는 젊은 나이여서 그저 그 어린이가 꽃을 좋아하는구나 생각했을 뿐이다.

늦여름 장마는 하염없이 떠나고

눈에 익은 野山(야산)들은

앞정갱이가 벗겨지고

가을께로 들어설까 말까.

무릎은 쓰라려

기댈 곳도 없이 망설이는 때

또 한 번 뒤돌아보면

아, 네 혼자 손짓하는

璧紫色(벽자색) 하늘 속속들이

軍靴(군화)와 총소리와…

〈도라지꽃〉

비 오는 날 어린이의 손에 쥐어진 한 움큼의 짙푸른 도라지꽃을 그저
아름답다고만 말할 수 있을까. 빗속에서도 어린이의 마음을 이끌어 꽃
에 다가서게 한 도라지꽃의 모습이나, 그 도라지꽃의 모습을 보고 꺾지
않을 수 없는 어린이의 마음은 모두 그 자체로서 한 송이 꽃이며 사랑
이다. 그것은 순진무구한 것에서만 피어나는 꽃이고 사랑이었다.
자연과 인간을 동일시한 옛 선인들의 은유적 표현기법이 대단하다.

도라지 도라지 백도라지

심심산천에 백도라지

한 두 뿌리만 캐어도

대바구니가 처절철 넘는구나

경기민요 도라지타령 중 일부이다. 백도라지와 대바구니의 만남은 아주 자연스러운 일상이지만, 그 사물들이 남성성과 여성성을 은유한 것이라면 그 풍자성과 성애의 묘사는 가히 성애문학의 대표적인 시편이 되지 않을까 한다. 그만큼 도라지꽃은 우리들의 생활 속에 깊이 숨쉬고 있다. 서민들이 즐겨 부르던 수많은 민요 중에서도 도라지타령이 그 대표적인 것만 보아도 짐작된다.

도라지는 산지 어디서나 자라며 칠팔월에 벽자색이나 흰 꽃을 피운다. 뿌리가 굵고 희며 주로 식용으로 즐겨 먹는다. 길경(桔梗)이란 이름으로 천식, 거담, 편도선염, 늑막염 등의 약재로 쓰인다.

도라지꽃이 피는 계절엔 가끔 어린이들과 도라지꽃 물들이기 놀이를 했다. 파란 도라지꽃을 따거나 세워놓는다. 도라지꽃 속에 개미 한 마리를 잡아넣고 다섯 가닥으로 벌어진 꽃잎 끝을 오무려 막는다. 파란 도라지꽃에 붉은 반점이 생기고 차츰 꽃 전체가 붉어진다. 먼저 붉어지는 쪽이 이기는 놀이다. 개미의 배설물이 푸른 도라지꽃을 붉게 만든 것인데, 푸른 리트머스 시험지에 산성용액을 떨어뜨리면 붉게 변하는 이치와 같다.

도라지꽃은 어떤 풀꽃보다 한과 애정이 스민 꽃이다. 음식문화에서도 도라지를 이용한 반찬이 너무 많고 다양하다. 도라지무침은 도라지를 까서 쪼갠 다음 물에 담가 아린 맛을 빼낸다. 물기를 없애고 고춧가루, 파, 마늘, 식초, 설탕, 물엿 등을 넣고 무친다. 식성에 따라 고추장을 넣어 무치기도 한다. 그 맛은 새콤, 달콤, 매콤하다.

도라지구이도 있다. 도라지를 길이로 반을 쪼개서 칼등으로 살짝살짝 두들긴다. 고추장, 고춧가루, 파, 마늘 다진 것, 참기름 등으로 무쳐서 프라이팬에 들기름을 넣고 살짝 굽는다. 더덕구이와 맛이 비슷하다.

도라지를 볶아 먹어도 맛있다. 껍질을 벗긴 도라지를 쪼개어 물에 담가 아린 맛을 뺀다. 물기를 빼고 프라이팬을 달궈 참기름을 넣고 도라지를 볶는다. 물을 조금 부어 도라지를 익히고 파, 마늘 다진 것을 넣으면서 간을 맞춘다.

또 다른 도라지무침도 있다. 앞에 든 도라지무침에다가 오이를 어슷어슷 썰어 소금물에 살짝 절인 것을 꼭 짜서 물기를 뺀 다음 말린 북어 쪼갠 것, 쪽파를 큼직큼직하게 썰어 넣고 갖은 양념으로 무친다. 잊지 않고 통깨를 넣어야 한다.

잔칫날에 비용을 절감할 양으로 비싼 더덕 대신 도라지를 사서 쓴 적이 있었다. 요리 솜씨가 좋아서인지 모르겠지만 더덕구이가 어찌 이렇게 맛이 있느냐고 손님들이 이구동성으로 칭찬했다. 더 청해 먹으면서 말이다. 살포시 웃음이 나는 옛 기억이다.

한 여름밤의 꿈
박꽃

허연 女人(여인)의 궁둥이
박덩이를 얼싸안은 초가지붕.
눈 감으면
깊은 가을 골짜기마다
몇 덩이씩 남아 있어 깜짝 놀란다.

저녁을 먹고 식구들이 마당 멍석 위에 둘러앉아 도랑에 담가 놓았던 삼단을 꺼내온다. 삼껍질을 벗길 때쯤엔 지붕 위에 박꽃이 하얗다. 박꽃 위로 별이 총총히 빛나고 별똥별이 긴 꼬리를 빛내며 멀리 사라진다. 산 너머 먼 강가나 바닷가 정갈한 모래밭에 별똥들이 떨어져 있다는 어른들의 말을 믿으며, 그 빛나는 별똥을 줍고 싶은 생각에 꿈을 꾸기도 했다.

박은 일년생 덩굴풀로 줄기에는 보드라운 잔털이 나 있다. 줄기와 잎자루 사이에 덩굴손이 있어 다른 물체를 감는 역할을 한다. 여름에 긴 꽃대마다 하얀 꽃이 한 송이씩 핀다. 같은 줄기에 암수꽃이 따로 피는 박꽃은 저녁부터 피었다가 아침 햇살이 나면 시든다. 하얀 꽃이 밤에만 피어서 조금은 서럽고 쓸쓸하면서도 맑고 깨끗한 느낌이다. 문학작품에서 박꽃은 하얀 소복을 입은 여인으로 많이 비유되었다. 그만큼 순결하고 신성한 기품을 지닌 꽃이다.

가을철이 되면 박잎은 시들지만, 달덩이 같은 박이 초가지붕마다 덩
그렇게 얹혀 있다. 우리 농촌의 속살을 보듯 아름답고 넉넉함이다. 이
제는 그런 농촌풍경을 볼 수 없게 된 것이 아쉽다.

잘 익은 박을 따서 작은 틀톱으로 아버지와 함께 박을 켰다. 박을 켜
는 일이 쉬운 것 같지만 그렇지 않다. 먼저 전체모양을 보고 어디를 켜
야 좋은 모양의 바가지가 나올까를 생각해야 한다. 한 쪽을 켠 다음 그
반대쪽을 켜서 먼저 켠 쪽과 일치하도록 해야 하는 것도 어렵다. 서로
어긋나면 바가지의 가장자리가 볼품없이 되고 전체의 모양도 일그러
진다.

켠 박은 솥에 넣고 삶는다. 삶은 박속을 숟가락으로 긁어내고, 겉껍
질도 긁어서 그늘에 말린다. 덜 성숙된 박은 오그라들거나 뒤틀린다.
긁어낸 박속은 흰 청포처럼 부드럽고 약간의 단맛이 있어 양념에 무쳐
먹으면 아주 맛있는 반찬이 된다. 지금도 군침이 도는 박속무침이다.
고향이 그리운 저녁 으스름에 조용하고 정갈한 박꽃을 생각한다.

박은 바가지나 됫박 같은 부엌 살림의 중요한 물건이 됐고, 곡물을
저장하는 용기로도 사용되었다. 때문에 동네 초가마다 박이 주렁주렁
열려 있었다.

서울 사는 한 변호사가

故鄕(고향) 초가지붕

박꽃이 보고 싶단다.

누가 살다 떠난 빈 터에는

藥(약)으로 쓸 만한

꿈들만 되와서 머문다.

허연 女人(여인)의 궁둥이

박덩이를 얼싸안은 초가지붕.

눈 감으면

깊은 가을 골짜기마다

몇 덩이씩 남아 있어 깜짝 놀란다.

혼자 보채는 별빛,

이젠 천냥 주고도 어림없는

허연 박 속 궁둥이의

뵐 듯 말 듯한

박꽃.

〈박꽃〉

보름밤 지붕 위에 하얀 박꽃들이 피어 있다. 어떤 꿈의 장면 같이 무엇인가 서로 교감하고 있는 듯 했다. 어린 소년은 가슴 속에 알 수 없는 나라와 알 수 없는 소녀와 알 수 없는 꿈을 그렸다.

영화 〈E.T〉에서 E.T와 엘리엇이 날아오르는 자전거를 타고 보름달을 지나 숲으로 가는 장면 같은 환상적인 순간이 그때에도 있었다. 그것이 E.T와 엘리엇이 아닌 천사와 노루였을지도 모르지만 말이다. 하얀 박꽃과 둥근 보름달이 비추는 환한 농촌의 여름밤은 산과 숲과 냇물과 멧새들과 풀잎들에게 꿈을 꾸게 하는 듯했다.

깜깜한 여름밤 마실갔다가 늦게 돌아올 때였다. 지붕 위에서 조용히 바라보고 있는 모습이 너무 늦었다고 걱정하는 것처럼 느껴졌다. 닭장에서 닭들이 꾹꾹거리고 밤늦게 돌아다니는 도둑고양이가 뒤꼍으로 돌아가는 기척이 들렸다. 하늘에는 별이 총총히 빛나고 하얀 박꽃이 피어 있는 지붕 밑에선 식구들이 곤히 잠자고 있었다. 깨어 있는 박꽃과 별들이 주고받는 이 깊은 여름밤의 교신이 잠자고 있는 식구들의 꿈속에 나타날지도 모른다.

박꽃은 꿈꾸는 꽃인 듯하다. 잠 못 이루고 꿈꾸기를 소망하는 이들을 위해, 또한 어린 시절 추억을 되살리기 위해 박꽃축제를 열어보면 어떨까 생각해 본다.

학교에서 환경미화용으로 조롱박을 많이 심었다. 어린이 공작품 만들기에 사용했다. 교실 안쪽에 심어 유리창 쪽으로 덩굴을 올려 가꾸기도 했고, 교실 바깥쪽 양지 바른 추녀 밑 화단에 심기도 했다. 유리창 윗벽에서 여러 개의 줄을 늘어뜨려 넝쿨이 감고 올라가게 했다. 박넝쿨에 여름 햇볕이 차광되어 교실이 서늘했다. 조롱박이 조롱조롱 열리게 되면 어린이들이 무척 신기해하고 좋아했다.

조롱박은 10Cm 내외의 작은 박이다. 줄기에 매달린 부분이 길쭉하게 생겨서 손잡이로 좋다. 그냥 둥근 모양도 있지만 박의 중간부분이 잘록하게 생겨서 어린이들이 더욱 좋아했다. 가을에 잘 익은 조롱박을 솥에 쪄서 쪼개어 표주박을 만들기도 하고 여러 가지 공작 재료로 썼다. 잘록한 조롱박에 동그란 구멍을 뚫고 속을 파내 저금통을 만들고, 구슬을 넣어 장난감을 만들기도 한다. 여러 가지 동물의 형상을 만들고, 오뚝이를 비롯한 장난감들을 만든다. 흔들어 소리 내는 악기나 타악기도 만든다. 공작품들을 만들어 교실 뒤쪽 전시대에 올려놓는다. 잘 된 것은 시상하고 전교 전시대회에 출품도 한다.

조롱박도 일반 박과 똑같이 저녁에 하얀 꽃을 피우지만 꽃의 크기가 작다. 어떤 시골 중학교에 갔더니 교실과 교실을 잇는 길 위에 시렁을 만들고 조롱박넝쿨을 올려서 푸르고 아름다운 낭하를 만들어 놓은 것을 보았다. 박꽃이 흐드러진 복도를 걷는 아이들은 행복할 것이다. 예쁘고 쓸모 있던 박꽃이 우리로부터 차츰 멀어져가는 것이 안타깝다.

개망초

개망초꽃들이 떼지어 모인 곳엔
개망초꽃 향기가
山脈(산맥)의 구름보다 일렁거렸다.
쓸쓸히 떠돌다 간 것이
六月(유월)의 장마 같기도 하고
죄 없는 혼백 같기도 하여서

학교 운동장에서 빙 둘러친 산을 바라보면 그 칠부 능선쯤에 허연 꽃밭이 보인다. 오래전 화전민(火田民)들이 산전(山田)을 일구어 농사를 지어먹다 버리고 떠난 묵밭에 개망초가 떼지어 핀 것이다. 사십 년대는 물론이고 오십 년대까지만 해도 산촌에는 화전민들이 있었다. 산에 불을 놓아 나무나 풀을 태우고 땅을 파 일구어 농사를 짓다가 지기(地氣)가 다하면 다른 곳으로 옮겨 갔다. 주로 감자, 옥수수, 조, 콩 같은 곡식을 경작했다.

어린 시절의 고향인 소백준령의 거봉 대미산에도 꽤 많은 화전민이 살았다. 그들은 마을에서도 삼십 리나 먼 읍내장을 보기 위해 새벽같이 산길을 내려와 장을 보고 산을 올라야 했다. 장 본 것들을 걸빵 짐이나 지게 짐으로 그 높은 산까지 올라야 하는 그들을 보면서 어린 마음에도 늘 측은하고 안타까웠다. 그들의 복장은 대부분 흰 바지저고리였다. 너른 소매와 헐렁한 바짓가랑이는 누우런 얼굴색과 함께 힘겹고 고단해 보였다.

화전민의 집은 귀틀집이었다. 그 중 한 집이 동네에 내려와 살았는데, 그도 역시 귀틀집을 짓고 살았다. 큰 소나무를 잘라 우물정자형(井字形)으로 귀를 맞추어 층층이 얹어 쌓고 그 틈을 진흙으로 메우고 싸발라서 지은 집이었다. 지붕은 억새나 굴피나무 껍질을 덮었다.

산중턱 묵정밭에 떼지어 피어 있는 개망초꽃들 속에 어릴 때 고향에서 만났던 화전민이 어른거렸다.

묵밭에는 쑥구기가 울었다.
火田民(화전민)이 떠나고
개망초꽃들이 꾸역꾸역 피었다.
일원짜리 백동전만한
개망초꽃들이 떼지어 모인 곳엔
개망초꽃 향기가
山脈(산맥)의 구름보다 일렁거렸다.
쓸쓸히 떠돌다 간 것이
六月(유월)의 장마 같기도 하고
죄 없는 혼백 같기도 하여서
〈개망초꽃〉

묵정밭을 뒤덮은 개망초꽃들은 어디론가 떠난 이들의 삶을 말하고 있는 게 아닐까. 작은 꽃송이들이지만 향기로운 큰 꽃무리를 이루고, 척박한 땅 어디서나 무성하게 자라는 모습이 그렇게 말하는 것 같다. 아픔이나 서러움을 깊이 가슴에 묻어둔 채 스스로 습득한 생의 지혜로 행군해가는 것이리라.

집에서 좀 떨어진 곳에 호암지라는 커다란 저수지가 있다. 겨울 한 철을 빼고는 아침과 저녁으로 저수지를 돈다. 한 바퀴 돌면 십리가 조금 못되는 듯하다. 벗꽃이 만발할 때에는 푸른 물과 어울려 더 없이 아름답다. 더구나 우륵당에서 울려오는 가야금 곡조까지 어우러질 때는 참으로 그 아름다움과 흥이 일품이 아닐 수 없다.

초여름이 막 될 무렵엔 또다시 개망초꽃들이 흐드러지게 핀다. 호숫가 풀밭에 앉아 뻐꾸기 울음소리도 듣고 호수면을 멍청히 바라보기도 한다. 가끔 팔뚝만한 가물치들이 펄쩍 솟구쳐 나왔다 철썩 떨어진다. 어느 시인은 "내 영혼엔 물의 그 어떤 것이 있어 / 바라만 봐도 행복한 기분이 든다"고 하였다. 잔잔히 출렁거리는 호수면을 바라보고 있으면 뭔가 저 물을 닮았으면 하는 그저 막연한 생각이 든다.

망초꽃 옆에 앉아본다

망초꽃은 내 앉은키와 비슷하다

쭉 곧은 줄기에

엇갈려 매달린 꽃들이 신기해 보인다

사다리를 밟고 올라가 보고 싶다.

망초꽃 옆에 누워본다

망초꽃은 아득히 하늘 위에 피어 있다

지상에 뿌리 박은 더 많은 무리의

실한 다리들을 보여준다

은하계 어디론가 이동하는

平和軍團(평화군단)의 하얀 진동이

이 가슴에 쿵쿵 울려온다.

〈망초꽃밭에 누워〉

따스한 햇살에 섞인 풀냄새가 호수에서 풍기는 옅은 해감내와 함께 바람에 섞여 왔다. 벌렁 개망초 꽃밭에 누워버렸다. 이내 온몸을 뒤덮는 개망초꽃에 파묻혔다. 쭉쭉 뻗은 꽃대 위로 하얀 개망초꽃들이 흰 융단처럼 일렁거린다. 등바닥 밑에서는 개망초꽃들의 당당한 행군의 발소리가 울려오듯 쿵쿵거리는 소리가 들렸다. 그들의 깃발엔 생의 황홀한 향기가 펄럭거렸다.

아내와 함께 산에서 내려오는 길에 널찍한 묵정밭을 만났다. 한 키 정도 자란 개망초들이 밭 가득히 꽃을 피우고 있었다. 너무나 장관이었다. 꽃 한 포기 한 포기로는 별 보잘 것 없는 작은 꽃송이들이 저렇게 떼를 지어 피어서 화려한 꽃무리의 장관을 이룬 것이다. 아내는 사진을 찍었으면 좋겠다고 아쉬워하면서 몇 번이고 개망초 꽃밭을 뒤돌아보았다.

꽤 오래 전부터 아내는 일제 미놀타사진기 중고품을 구입해 초보 수준의 사진들을 많이 찍었다. 그가 찍은 사진들은 좌우 간격이나 구도가 늘 내가 찍은 사진보다 월등하게 좋았다. 그 중고품 사진기가 폐품이 된 뒤에도 아내는 가끔 입버릇처럼 사진을 찍고 싶다고 했다. 그럴 때마다 나는 못 들은 척하며 허공을 바라봤다.

정년퇴임(사실은 명예퇴임)을 하고 난 뒤 본격적으로 답사기행을 해볼 생각으로 사진기를 구입하기로 마음먹었다. 아내와 상의한 끝에 비싸지 않은 것으로 한 대를 구입했다. 사진기를 비롯한 기계류나 전기에 관해서는 거의 소질이 없는 내게 사진기 하나 다루기도 만만치 않았다.

처음 생각엔 남한강을 발원지부터 따라가는 것이었다. 그 지역의 풍물, 역사, 신화, 민속, 주거, 민요, 전설, 명승지 등을 답사하면서 사진을 찍을 계획이었다. 당연히 마음먹은 대로 되지 않았다. 아내에겐 미안하고 체면 없게 되었다. 그래서 그런지 아내는 사진기에 손을 대지 않았다.

문학단체 세미나나 여행답사 등에 사진기를 들고 다녔다. 함께 찍고 싶은 문우들이나 존경하는 선배 문인들과 사진을 찍기 시작했다. 찍은 다음에는 꼭 그분들에게 사진을 우송해 드렸다. 시간과 손질이 꽤 들어 성가신 때도 있지만 받은 분들이 기뻐할 걸 생각하면 언제나 즐겁다.

주변의 사진 동호인들에게 물어보면 괜찮은 사진기 값은 좀 비싼 듯 냉큼 마음을 정하지 못하고 있다. 좀 비싸더라도 아내에게 좋은 카메라 한 대를 꼭 사주고 싶다. 그가 찍고 싶은 하얀 개망초꽃이나 풀꽃을

억새꽃

그대의 지난 날
풍성한 質疑(질의)를
저 허공 중의
초입새에 서서
求(구)할까 한다.

'으악새 슬피 우니 가을인가요' 란 노랫
말이 있다. '으악새'라는 가을 새가 있는 줄 알았다. 그것이 '억새'라는
말의 늘임새라는 걸 알게 되었다. 으악새가 슬피 운다는 말은 가을바
람에 흔들리는 억새 잎의 서걱거리는 소리를 뜻한다. 서걱거리는 소리
를 왜 운다고 했을까. 거기엔 가을이란 계절의 서글픔이 크게 작용했
음직하다. 깊은 가을 산기슭이나 둑방 위에 떼지어 핀 흰 억새꽃이 바
람에 흔들리고 마른 잎새와 줄기들이 서로 스치면서 비벼대는 소리는
어딘가 공허한 슬픔을 고조시킨다.

한 해를 마감해 가는 깊은 가을에 살아있는 모든 것들은 스스로의
삶에 대한 반성과 마감에 대한 어떤 행위를 해야 하는 조금은 절박하
고 서두르는 때다. 이럴 때 억새풀의 흔들리며 서걱거리는 소리는 더
욱 비감에 젖게 한다.

식물이 인간정서에 미치는 힘과 상징성은 절대적이다. 예술작품이

나 행위에 있어서도 식물과의 동일성을 추구하는 건 너무 많다. 일반적으로 소나무가 절개를 상징한다면 대나무는 강직함을 상징한다. 억새와 갈대는 비감의 정서를 일으키고 그 변화무쌍한 몸의 굴신을 상징하기도 한다. 특히 깊은 가을에는 더욱 그렇다.

제주 산굼부리 분화구 주변의 억새밭에서 사진을 찍고 있는 신혼부부들의 정겨운 모습은 아름답다. 그러나 억새꽃의 강인한 생장력과 바람에 나부끼는 양면성을 저들은 모를 것이다. 그저 행복하고 아름다울 때이니까 말이다.

식물은 정서뿐 아니라 예술의 소재나 양식에도 크게 영향을 주었다. 로코코 건축에는 풀덩굴을 모방한 당초문(唐草文) 장식이 있다. 중세 고딕양식의 성당문과 회랑의 기둥 모양은 큰 숲의 무성한 나뭇가지들이 펼쳐진 모양과 그것들이 서로 잇대어 있는 모습들이다.

짧은 가을 날
막힘 없이 트인 길은
너무 멀다.
그대의 지난 날
풍성한 質疑(질의)를
저 허공 중의
초입새에 서서
求(구)할까 한다.

저 단단한 덩어리를

용서하고 용서하여

새털구름이 된다 해도

누가

한 가닥 풀어진

너의 貞操(정조)를 지키랴.

〈억새꽃〉

보통 억새와 갈대를 구분하지 않고 함께 갈대라고 한다. 그러나 억새와 갈대는 엄연히 구별되는 식물이다. 같은 벼과의 식물이긴 하지만 억새는 산이나 거친 들에서 성장하고, 갈대는 습지나 물가에서 성장한다. 억새는 그 이름이 주는 느낌대로 아주 억센 번식력을 가진 식물이다. 잎의 폭이 2Cm에서 3Cm 길이의 긴 선형(線形)으로 엇갈려 있고 잎 가장자리는 칼날처럼 날카롭다.

어릴 때 꼴을 베러 가면 자주 억새 잎에 손을 베었다. 억새 뿌리는 희고 길며 단단해서 잘 뽑히지 않고 땅 속으로 깊이 뻗어나간다.

논이 없어 볏짚을 구할 수 없는 산촌에서는 억새를 잘라서 초가지붕을 이었다. 억새 줄기가 곧고 단단해서 잘 이으면 십 년은 간다. 억새 줄기로 만든 삼태기도 짚삼태기 못지않게 잘 쓰인다. 풀은 언제 어디서나 사람을 배반한 적이 없다.

억새는 우리나라 어느 산야에서나 나고 자란다. 억새의 군집성과 건강성은 무슨 정예군대의 살벌함까지 느끼게 한다. 수많은 핍박과 수모의 역사 속에서도 의연히 그 생을 이어가며 끊임없이 번창해가는 민중들의 강인한 생활력을 보는 듯하다.

억새가 많이 난 곳은 그 질긴 뿌리줄기들이 땅 속에 뒤엉켜 있다. 땅이 잘 파이지 않을 만큼 단단하다. 갓 피어난 억새꽃은 자줏빛을 띤 잔꽃이 많아 이삭을 이룬다. 쭉쭉 뻗어 올라간 긴 잎새, 훤칠한 줄기가 빽빽하게 떼지어 흔들리는 모습은 일대 장관이다.

마라도는 억새로 뒤덮인 바다 속의 억새꽃 바다다. 번쩍이는 은회색 억새꽃과 키 큰 잎과 줄기의 초록빛 물결은 바다에서 밀려오는 희고 푸른 파도와 어울린다. 억새꽃밭 물결 속에 혼자 서 있는 여행자는 더욱 외롭게 파도소리와 억새잎 서걱이는 소리에 파묻힌다. 그 많은 사연들이 수평선 위에 가물거리듯 아득하다. 바다 속의 마라도, 마라도 속의 억새꽃밭, 억새꽃밭 속에 혼자 서 있는 것은 너무 작기도 하고 너무 큰 듯도 하다.

멀리 멀리 떨어져

그대의 목소리가 듣고 싶은 곳

오늘도 이 불탄 돌바위에 올라

귀를 열고 가슴을 열고

파도소리에 묻힌 그대의 소리를…

저 너울너울 밀리는 너울 속

간절한 그대의 몸짓

멀리 나가 앉아

거칠 것 없이 혼자인 곳

지나가는 바닷새의 울음소리도

돌아가는 하얀 뱃고동소리도

이 바닷바람에

이 바닷물결에 저 혼자

간 곳 없이 푸르게푸르게

사라져 버리는 곳.

〈마라도〉

고적한 마라분교를 둘러보고 바다를 바라보았다. 여기서 공부하는 몇 안 되는 어린이들은 무엇이 가장 즐겁고 슬플까? 억새밭을 지나면서 억새풀처럼 질기고 억센 어린이들을 생각하며 마라도 등대에 서 있었다.

꺾이지 않는 고매함
들국화

너희들이 벗어버린 것들이
이제 막 밀물이 되고
너희들이 만나지 못한 것들이
수척한 들판에 홀로 남아
별이 되고 칼이 되고

조선조의 학자이며 문인이였던 이정보(李鼎輔)는 다음과 같이 국화를 노래했다.

국화야 너는 어이 삼월동풍 다 지나고,

落木寒天(낙목한천)에 네 홀로 피었느냐.

아마도 傲霜孤節(오상고절)은 너뿐인가 하노라.

오상고절은 서릿발의 차가움 속에서도 굴하지 않고 외로이 지키는 절개의 뜻이니 곧 선비의 절개를 칭송하는 노래이다.

들국화는 감국, 산국, 구절초, 쑥부쟁이, 개미취, 울릉국화 등을 일반적으로 통칭해 쓰는 말이다. 봄, 여름을 다 보내고 흰 서릿발이 내리는 가을이 오면 들국화는 그 고고한 기품으로 서리를 받는다. 옛 선비들은 문인화로 국화를 즐겨 그렸고, 매화와 난초와 대나무와 함께 사군자의 하나로 지칭하였다.

선인들은 다른 꽃들이 다 진 가을에 홀로 피면서도 맑은 향기와 고고한 기품을 지닌 국화에서 절개를 중시하는 선비의 모습을 발견했다. 선비들은 자기의 모습과 처신을 국화와 동일시하려 해 은둔하는 선비를 은군자(隱君子)라 했다. 중양절(重陽節)인 음력 구월 구일에 국화전, 국화만두, 국화주를 먹었다. 일명 중양화(重陽花)라 한다.

국화꽃 말린 것을 베개 속에 넣으면 두통에 유효하고, 이불솜에 넣으면 그윽한 향기 속에서 부부의 사랑을 즐길 수 있어 금실이 좋아진다. 감국꽃 밑에서 나오는 샘물을 국화수라 한다. 이 물을 오래 마시면 안색이 좋아지고 늙지 않으며 풍도 고칠 수 있다. 국화를 불로장수를 가져다주는 신령스런 식물로 여겼다.

국화를 노래한 문인은 많다. 도연명의 〈음주(飮酒)〉라는 시에 채국동리하(彩菊東籬下) 유연견남산(悠然見南山) 이란 구절이 있다. '동녘 울타리 밑에 국화꽃을 따든 채 / 남산을 조용히 바라보니'란 뜻이다. 선비의 유유자적하는 모습과 국화향기가 어우러진 고담(枯淡)한 모습을 보는 듯하다.

멀리 사라지는 북소리.

길은 어디로 가는가.

문득 마지막 남은

士林派(사림파) 한 분을

찾아 나서는 길

서릿바람 불어 나뭇잎 지고

그대 뼈대만 남은 持論(지론)에

거칠 것 없는

하늘이 보인다.

메마른 山川(산천)

더욱 잘 나섰다 싶어

우러르니 길은 다시 돌아오고

솔뿌리 돌뿌리엔

뭉게뭉게 피어난

西海(서해)바다의 짜디짠 소금알갱이

너희들이 벗어버린 것들이

이제 막 밀물이 되고

너희들이 만나지 못한 것들이

수척한 들판에 홀로 남아

별이 되고 칼이 되고

그대 생등걸 타는 젖무덤의…

〈들국화〉

서리 맞은 길가의 들국화와 그 길을 하염없이 떠나는 유뱃길의 수척한 선비의 몰골을 떠올려 본다. 굽힐 줄 모르는 지론(持論)의 쩡쩡한 목청은 높은 가을 하늘을 드높게 하고 더 푸르게 한다. 그 올곧은 성품이 가슴 어딘가에 절절히 이어지길 바라지만, 지금 우리들의 모습엔 지사적인 모습은 사라지고 너무 현실에 눈치 살피고 아부하고 있는 게 안타까울 뿐이다.

들국화가 피어 있는 농촌길로 자전거를 딸랑이며 우체부아저씨가 지나간다. 소달구지 위로 높아가는 하늘이 맑다.

한 어린이가 들국화를 꺾어다 내 책상 위의 꽃병에 꽂아 놓았다. 교실 안은 들국화 향기로 가득했다. 꽃병의 들국화는 봄꽃이나 여름꽃에 비해 오래간다. 들국화의 인내심과 근성을 보는 듯하다. 어린이들이 떠난 텅 빈 교실엔 나와 들국화 향기만 남아 있었다.

등곳길 길섶에서 들국화를 꺾으며 그 어린이는 무엇을 생각했을까. 푸드덕 날아가는 꿩에 깜짝 놀라면서도 선생님으로부터 칭찬받을 생각을 했을까. 교실을 아름답게 꾸미고 싶었을까. 어린이의 마음이 너무 아름답다. 꽃을 꺾어오는 어린이는 한 아이뿐이 아니다. 그들 모두가 아름답고 고운 마음들을 가졌다.

들국화가 피어 있는 시골길 옆에는 누우렇게 벼 익는 향기가 들판 가득히 번져간다. 붉은 고추잠자리가 높게 날아오른다. 어디선가 멀리 가을운동회의 확성기 소리가 들려온다. 고추밭에서는 고추가 붉게 익고 있다. 고추밭 너머 하얀 메밀꽃밭엔 벌들이 윙윙거리고, 야산에선 도토리 떨어지는 소리가 후두둑거린다.

무엇인가 어수선하면서도 착 가라앉은 분위기다. 모든 사물들이 제 함량대로의 무게를 지니고 있는 초가을은 그 무게들을 눈으로 볼 수 있는 투명함이 있다. 강물은 더욱 맑아지고 깊어진다. 호수나 연못도 그렇다.

상강을 지나면 산은 점점

강으로부터 멀어진다.

서운해서라기보다 무슨 생각들을

저 나름대로 가다듬으려는지

서로 멀리 떨어져 간섭하지 않는 눈치다

하늘이 멈칫멈칫 높아가는 걸 보면

저 깊고 높은 생각들이

푸르고 푸르다는 것을 안다.

지난 여름 한철 세상 모르고 얼리던

분탕질도 잡소리도

따가운 가을볕에 살라버린 채

저 빈 곳에 적막보다 더한

푸른 방울소리를 내며 흐르는 강물

강가의 검은 갯흙과 모래밭에 찍힌

강마을에 사는 어린이들이 들국화 핀 꽃길을 헤치고 달려간다. 강물
도 달려간다. 하늘하늘 푸르게푸르게 달려간다.

식민지 백성의 울음
쇠비름꽃

壬亂(임란)의 人皮(인피)가죽 供出(공출)에
丙亂(병란) 胡馬(호마)의 짓밟힘에
식민지(植民地)의 쇠몽둥이 바람에
이제는 옛 얘긴가
이 산천 멍든 곳곳마다
모두가 잊어버린 쇠비름꽃.

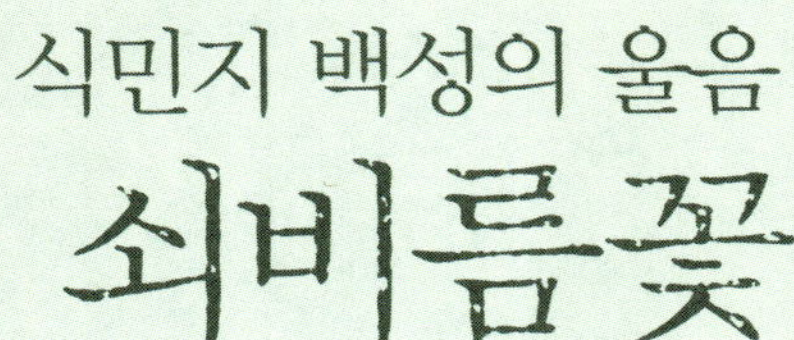

참비름은 여름철의 나물무침으로 많은 사람들이 좋아한다. 야채시장에서도 살 수 있다. 특히 노변에서 파는 아낙네들의 푸성귀 시장에서 많이 볼 수 있다. 수요가 많아지는데 따라 요즘은 참비름을 재배해서 대량생산한다. 한때 어느 대통령이 참비름 나물을 좋아한다는 소문도 있었다.

나도 참비름 나물을 좋아한다. 식성이 육식보다 채식을 좋아하기 때문에 종합검진에서 육식을 좀 더 하라는 권고를 받기도 했다. 어떤 이는 내 시편의 성향을 식물적 상상력의 세계라고 말했다. 먹는 것에서부터 시 쓰는 일까지 식물에 의존해 있으니 더욱 식물에 대한 애정을 가지고 감사해야겠다는 마음이다.

참비름은 잘 알려져 있지만, 쇠비름은 모르는 사람이 많다. 동식물의 이름 앞에 '쇠'자나 '개'자를 붙인 이름이 많다. 그것은 작거나 좋은 것이 아니라는 뜻이다. 먹을 수 없다는 의미도 포함된다.

쇠비름은 인가 부근의 텃밭이나 길가에서 자란다. 잎은 2Cm 길이로 아랫부분이 좁은 타원형이고 전체가 통통하게 살이 쪘으며 매끄럽고 광택이 있다. 줄기도 살이 오르고 수분이 많으며 붉은 자홍색이다. 많은 가지를 뻗고 지면으로 퍼진다. 꽃은 봄에서 여름까지 핀다. 가지 끝에 모인 잎의 중앙에서 노란색의 작은 꽃이 서너 개 피고 하루 만에 진다. 작고 검은 씨앗을 맺는다.

무더운 여름 한낮에 곰방(中衣)적삼을 입고 밭에 쪼그리고 앉아 김을 매는 일은 여간 고역이 아니다. 밭고랑에서 올라오는 뜨거운 지열과 머리 위에서 내리쬐는 햇볕에 땀이 비 오듯 흐른다. 밭의 잡초는 무성한데다가 꽉 붙어있어서 김매는 속도가 느릴 수밖에 없다.

밭에 나는 잡초는 수없이 많지만 그 중에서도 강아지풀, 달개비(닭의장풀), 바랭이, 방동사니, 쇠비름이 흔하다. 김매기에서는 바랭이와 쇠비름이 가장 애를 먹인다. 바랭이는 한 뿌리에서 네댓 개의 가는 줄기가 땅으로 뻗거나 비스듬히 서서 자란다. 1m 정도까지 자라는데 부드러운 줄기의 마디마다 실뿌리를 내린다. 떨어진 줄기는 마디에서 다시 뿌리를 내려 번식한다. 밭고랑을 뒤덮은 바랭이는 잘 뽑히지도 않는다. 뽑은 바랭이를 한군데 쌓아놓으면 거기서 다시 뿌리를 내리는 억척스러움이 있다.

한여름 소가 뜯어 먹고

쇠똥에 섞여 나오면서

(아! 그 놈의 뱃속

뜨겁기도 하구나.)

훌렁 이마를 쓰다듬는

노오란 쇠비름꽃.

壬亂(임란)의 人皮(인피)가죽 供出(공출)에

丙亂(병란) 胡馬(호마)의 짓밟힘에

식민지(植民地)의 쇠몽둥이 바람에

이제는 옛 얘긴가

이 산천 멍든 곳곳마다

모두가 잊어버린 쇠비름꽃.

삼복더위 호미날로 문지르고

뿌리채 거꾸로 매달아도

살가죽이 터지는 시늉으로

울음이듯 訥言(눌언)이듯

잘디잘게 피어나는

노오란 쇠비름꽃.

〈쇠비름꽃〉

쇠비름은 줄기와 잎사귀에 살과 수분이 많아 통통하고 매끄럽다. 뿌리는 짧고 줄기는 사방으로 뻗어나간다. 땅을 덮고 있는 직경이 30Cm쯤 된다. 흡사 밭에 엎드린 불가사리나 투원반을 연상케 한다. 한 포기만 뽑아들어도 아주 묵직하다. 줄기나 잎이 떨어진 자리에서 끈적거리는 액체가 나온다.

새순은 끓는 물에 살짝 데쳐 양념된장에 무쳐 먹는다. 보릿고개를 겪을 때 쇠비름무침을 많이 먹었다. 끈적거리고 새콤하고 아린 맛이다. 그 뒤론 거의 먹어본 기억이 없다. 그만큼 먹기가 쉽지 않았다. 콩깻묵이나 밀기울로 죽을 끓여 먹거나 보리개떡을 해 먹던 시절이니 쇠비름무침도 상을 찡그리며 먹어야 했다.

쇠비름은 잘 안 죽는다. 김을 맨 뒤 한두 뿌리 흙을 다 털고 밭둑에 있는 뽕나무가지에 뿌리가 하늘 쪽으로 향하도록 거꾸로 걸어 두면 일주일이 지나도 그저 시들시들할 뿐 마르지 않는다. 줄기와 잎에 수분이 많이 들어 있기 때문이다.

가뭄이 심했던 어느 해였다. 하숙집 앞에 있는 작은 못이 말라붙었다. 연못 바닥은 거북이 등처럼 갈라졌다. 오랜 뒤 비가 내려 연못에 물이 찼다. 농사철이 끝날 무렵이어서 동네 청년들이 못물을 퍼내고 미꾸라지를 잡았다. 참으로 놀라운 일은 붕어들이 커다란 함지박에 가득 잡힌 것이다. 연못은 개울과 연결되어 있지 않았고, 동네 가운데 있는 웅덩이였다. 지난 긴 가뭄에 바닥이 갈라지도록 말랐었던 못에서 붕어들은 어떻게 나타난 것일까? 어떤 이의 말로는 땅 속으로 파고 들어가 숨어 있다가 나온다고 했다.

　텔레비전에서 보았다. 웅덩이의 물이 차츰 줄어들면 악어들이 땅바닥을 파고들다가 결국은 앙상하게 말라죽었다. 그러나 어떤 놈은 숲이 있는 땅 속에 굴을 파고 들어가 살아 있다가 우기에 비가 오면 강물로 나왔다. 사막에서도 마찬가지다. 뜨거운 햇볕 속에서 식물이란 식물은 거의 다 말라 죽고 눈에 보이지 않다가 비가 오면 들에 꽃이 만발한다. 참으로 놀라운 생명의 신비와 힘이다. 푸른 풀은 생명 그 자체이다.

　망연히 너의 이름들을 잊으려고

　푸른 풀밭에 앉았노라면

　나비며 풀향기며 흙냄새들이

　햇빛과 얼려 한 악장의

　장엄한 합창을 하고 있는 게

　저 눈부신 장막 뒤로 펼쳐지는 걸

　몰래 보게 되는 이 즐거움이야

　된서리 눈보라가 지난 자리에

　나무나 풀들은 묵도로

　그 아픔을 수천의 반짝이는

　기쁨으로 기쁨으로

　지상의 바람에 나부낀다.

이제 더러워진 먼지나 땟국물이

하나 둘 씻겨 내리고

가녀린 바람에도 몸으로 듣는

한 송이 풀꽃처럼

둥둥 떠오르는 향기가 되기까지

아직 이 몸뚱이는 너무 무겁다.

〈푸른 풀밭에 앉아〉

죽은 피라미들의 기억

여뀌풀꽃

그 때
여뀌풀즙을 먹고 죽은
맑은 여울물의
반짝이던 피라미 새끼들은
여뀌풀꽃이 되었겠지

시내에 나갔더니 백목련과 개나리들이 활짝 피었다. 거침없이 다가서는 봄에 뭔가 크게 쫓기고 있다는 생각이 들었다. 겨우내 집에서 칩거해 있던 아내와 함께 봄나들이 길에 나선 참이었다. 봄나물도 뜯고 진달래 개나리 꽃구경도 할 겸 해서였다. 승용차로 충주호반을 따라 굽이굽이 돌아가는 호반도로를 달렸다. 벚나무 꽃망울들이 탱탱하게 불어나 있고 절벽과 산기슭과 골짜기엔 잡목사이로 진달래가 환하다. 굽이굽이 돌 때마다 호수가 숨바꼭질을 한다. 멀리 둘러친 산맥과 뿌우연 봄 아지랑이가 가슴을 설레게 한다. 중국 항주 땅의 서호(西湖)도 가보았지만 광대하다는 것뿐 이렇게 산과 호수가 잘 짜여진 풍광은 아니었다.

숲의 나뭇가지들은 곧 피어나려는 잎눈들을 주체할 수 없는 듯이 설레고 있다. 호숫물은 얼마나 파랗고 맑은지 손짓하듯 다가서며 우리를 따라온다. 아내는 무척 마음이 들떠 있는 듯하다. 출발할 때의 목적은

4월 5일 식목일과 4월 6일 일요일이 겹친 연휴에 내려온다는 아들 며느리 손자들에게 봄나물 반찬거리나 하자는 것이었다.

비닐봉지와 손칼 두 개, 농장 주인에게 줄 음료수와 귤 몇 개로 간단한 짐을 쌌다. 이웃집에 사는 오십대 내외가 이 산골에 와서 배 과수원을 가꾸고 있어 가끔 오곤 한다. 배나무들의 꽃눈이 봉곳봉곳 부풀어 있다.

밭에서는 지칭개와 달래를 캐고, 밭둑가에서는 쑥을 뜯고, 산기슭에서는 원추리 싹을 베었다. 냉이는 벌써 너무 자라 억세져서 뜯지 않았다. 지칭개와 쑥과 원추리로 국을 끓여 먹고, 달래는 양념간장과 식초에 무쳐 먹으면 입맛이 개운하다. 지칭개국은 몸에 좋고 맛이 있으나 끓이기가 어려워 여간해서는 먹지 않는다. 아내에게 물어 그 비법을 알아봤다.

지칭개를 뿌리채 캐서 다듬는다. 속고갱이를 떼어 내고 깨끗이 씻은 다음 방망이로 찧고 손으로 비벼 파란 물을 빼낸다. 20분간 물에 담갔다가 건져 내 물기를 없앤다. 장국물을 맛있게 만들어 끓인 곳에 콩가루를 묻힌 지칭개를 넣고 연한 불로 끓인다. 끓이기 시작한 뒤에는 솥뚜껑을 절대 열지 않아야 한다. 꽤 복잡한 조리법이다.

농막으로 들어오는 길을 따라 꽤 큰 개울이 있는데, 거의 폐비닐조각으로 뒤덮여 있었다. 나뭇가지나 마른 풀섶에 걸려서 펄럭거리는 모습이 을씨년스러웠다. 그것들을 바라보던 아내가 너무하다고 걱정했다. 개울물도 검게 썩어 있었다. 산골마을이 이 정도니 걱정이 아닐 수 없다. 농사짓는 이들이 폐비닐의 폐해를 모를 리 없을 텐데, 농사를 지은 다음 사용된 폐비닐 수거에 철저했으면 좋겠다.

강물이 썩어가고 공장의 정화시설도 유명무실이다. 환경운동단체들의 역할과 성과는 다 알고 있지만, 신축 도로공사나 댐공사 등 큰 문제에만 관심을 기울일게 아니다. 비닐수거나 농약병 처리, 쓰레기 버리기 등 생활과 직접 관계되는 문제들도 관심을 가지고 계몽과 의식 변화 운동에 솔선했으면 하는 생각이 들었다.

내 어릴 땐 돌멩이로 여뀌풀을 찧어 넣어

피라미나 붕어새끼들을 잡았다.

그 때 여뀌풀즙을 먹고 죽은

맑은 여울물의 반짝이던 피라미 새끼들은

여뀌풀꽃이 되었겠지.

내가 자라서 간 여울살은 비닐조각에 파묻혀 시들고

여뀌풀을 먹고 죽은 반짝이는 붕어새끼들은 보이지 않았다.

〈여뀌풀꽃〉

우리 나이 또래의 시골태생들은 어린 시절 개울물에서 여뀌풀을 찧어 고기를 잡아본 기억이 있을 것이다. 여뀌는 들과 개울가에 나며 줄기는 붉은 갈색이고 잎이 좁고 뾰족하다. 60Cm 내외로 자라며 늦봄부터 첫가을에 걸쳐 작고 자잘한 하얀 꽃이 줄기 끝과 가지 끝에 이삭으로 핀다.

맑은 개울가에 나가면 굵은 돌멩이와 함께 모래밭이 있고, 커다란 바위들이 여기저기 놓여 있다. 곳곳에 여뀌풀꽃과 패랭이꽃들이 피어 있다. 아이들은 모래밭에서 개미귀신이 파놓은 개미지옥을 보고 즐거워한다.

개미귀신은 명주잠자리의 유충이다. 진흙가루나 모래로 깔때기 모양으로 파놓고 숨어 있다가 지나가던 개미가 미끄러져 떨어지면 집게 모양의 턱으로 잡아먹는다. 아이 적에는 그것이 신기하고 재미있었다.

그것도 심심하면 개울물 속에 들어가 바위 밑을 손으로 훔쳐 고기를 잡았다. 개울가의 여뀌풀꽃을 수북하게 꺾어다 돌멩이로 찧으면 짙은 쪽빛물이 흘러내린다. 그 물을 풀면 피라미들이 하얀 배를 반짝거리며 물 위로 떠오른다. 애들은 환호하며 피라미나 붕어 새끼들을 건져 올린다.

개울에서 고기 잡는 또 다른 방법이 있다. 메(해머)로 바위를 때려 바위 밑에 숨어 있던 고기들을 기절시키는 것이다. 산골 개울엔 커다란 돌멩이들이 즐비하게 널려 있어 고기들이 모두 바위 밑이나 돌멩이 아래 숨어 있다.

물살이 없고 깊은 바위 근처엔 꺽저기(꺽지)가 있다. 바위 색과 비슷한 보호색을 띠고 있어 잘 보이지 않는 놈이다. 성질이 사납고 힘이 세며 빠르다. 민물고기 중에서 맛있기로 손꼽힌다. 물살이 센 여울에는 은어도 올라온다. 몸길이 30Cm 내외의 암록황색 바탕에 배 쪽으로 갈

수록 담백색인 귀족스런 물고기다. 워낙 빠른 몸놀림으로 여울을 헤쳐
오르기 때문에 잡기가 어렵다. 그 맑고 깨끗한 은빛 물고기의 퍼덕거
림이 눈앞에 선하게 떠오른다.

달맞이꽃

풀벌레가 달빛을 통해
땅덩이를 바라보고 있다.
총탄은 홀로
이 들판을 울면서 지나갔다.

해방 직후 시절이었다. 고향의 지서가 빨치산들의 습격에 의해 불타고 민간인들과 경찰관들이 죽고 빨치산들도 죽었다. 민간인들이 순번으로 지서를 지키는 일에 동참했다. 선친과 중백부 형제분이 함께 당번인 밤이었다. 빨치산들의 기습공격에 중백부께서 돌아가시고 선친께서만 무사하셨다. 소식을 들은 것은 새벽이었다. 어린 가슴에 닥친 공포와 막막함은 너무 아뜩해 지금도 소름이 끼친다. 지서까지 뛰어 내려간 십리쯤의 길이 지금 생각하면 꿈길이었던 것 같다. 달빛이 환하고 달맞이꽃들이 떼지어 피어 있었다. 중백부님의 영혼을 위해서도 그랬으리라.

지서의 담장은 요새처럼 아득히 높아졌고, 그 밑을 지날 때마다 빨치산에 대한 증오심이 커갔다. 몇 해 뒤 6·25사변이 터지고 집이 폭격에 맞아 불탔다. 어머니께선 장농 속에서 중요한 것을 가지고 나오신다는 것이 경황중이라 그만 헝겊자투리들을 싸놓은 보자기를 들고 나

오셨다. 낮에는 연일 폭격이 계속되었고, 밤으로는 인민군들이 떼지어
지나갔다.

인력동원과 의용군으로 청장년들이 끌려갔다. 사촌형도 짐꾼으로
끌려가다가 안동 근처에서 도망쳐서 돌아왔다. 중학생이었던 나도 안
심이 되지 않아 뒷산에 파놓은 땅굴에서 숨어 지냈다. 비행기에서 쏟
아지는 기관총 포탄은 그 떨어지는 간격이 일정했다. 기관총 포탄이
쏟아지는 길바닥을 내달리던 사촌 누이는 다행히 죽지 않았다. 총포탄
사이를 빠져나간 셈이다.

길바닥에 작렬하는 총탄 사이로 너울대듯 흩어지는 생명의 가벼움
을 보았다. 길가에는 먼지를 뒤집어 쓴 달맞이꽃대들이 숨죽여 있었
다. 밤이 되면 노란 꽃을 피운 달맞이꽃이 지천이었다. 어두워지는 밤
을 기다려 높이 뜬 달에게 간구하듯 노랗게 꽃잎을 피우는 달맞이꽃이
었다. 어머니가 자식의 안위를 위해서, 아내가 사랑하는 남편을 위해
서, 생사를 알 수 없는 애인을 위해서 기원하는 모든 사랑하는 사람들
의 얼굴이었다.

풀벌레가 달빛을 통해

땅덩이를 바라보고 있다.

총탄은 홀로

이 들판을 울면서 지나갔다.

죽어 넘어진 달빛이

철도변, 방죽, 지게가 놓여 있는 빈 공터, 개울가 자갈밭, 어디론가 뻗어나간 뚝방길. 달맞이꽃은 몽환의 실체인 양 어느 곳에서나 환한 광채를 뿜어냈다. 전쟁 속의 고요는 별난 두려움을 느끼게 했다. 어디선가 먼 듯 가까운 듯 비행기와 포탄 터지는 소리가 들려왔다. 길바닥엔 끝없이 이어지는 사람들의 행렬과 달구지와 희미한 자동차 불빛이 흘렀다.

유명한 전쟁 그림인 피카소의 〈게르니카〉와 고야의 〈마드리드, 1808년 5월 3일〉을 보았을 때도 그 그림들이 표현하는 전쟁의 참상보다 달빛 속의 달맞이꽃이 피워내는 두려운 고요와 환한 어지러움이 먼저 떠올랐다.

〈게르니카〉는 흰색, 검정, 회색빛이 감도는 녹색 정도여서 정적인 느낌을 준다. 〈마드리드, 1808년 5월 3일〉은 점령군에 끌려 온 민중들이 총살당하는 그림이다. 총살당한 자와 총살을 기다리는 자들의 공포와 절박한 모습들이 강렬하게 표현되어 있다. 만약 '전쟁과 평화'가 아닌 '전쟁과 달맞이꽃'이란 주제로 그림을 그린다면 어떤 그림이 나올까?

노란 달맞이꽃이 들판 가득 피어 있고, 달맞이꽃대 밑으로 포복해 들어가는 병사들의 머리 위로 포탄이 작렬한다. 어둠 속의 철조망 안에 서 있는 초병에게 달맞이 꽃다발을 한 아름 건네주면서 환하게 웃는 소녀의 그림은 어떨까. 포화가 터지는 피난길의 피곤한 몸이지만 달맞이꽃이 환하게 피어 있는 뚝방 밑에 숨어 사랑을 나누는 그림도 전쟁의 아픔을 보여주는 장면이 아닐까.

집에서 멀지 않은 호수 주변 길가에 무리지어 자란 달맞이꽃들이 저녁이 되자마자 피기 시작한다. 호수와 달밤과 달맞이꽃을 바라보는데 풀벌레 울음이 모든 걸 더욱 선명하게 해준다.

모든 것들은 무엇인가 하나로 되려고 한다. 호수가 되려 하고, 달빛이 되려 하고, 달맞이꽃이 되려 한다. 달맞이꽃을 한 잎 따자 노란 고요들이 움찔거린다. 인간과 자연의 교감은 서로가 살아있음을 확인하고 교신하는 일이다.

달빛의 정령을 받아 꽃빛깔이 더욱 환해 보인다. 달빛을 타고 온 이야기가 꽃에게 전해지고, 꽃의 이야기가 달빛을 타고 달에게 전해진다. 호수는 그들의 은밀한 이야기를 귀 기우려 듣는 듯 조용하다. 가끔 한두 마리의 물고기가 수면 위로 솟구쳐 올라 정적을 깬다.

무엇을 대상으로 자기의 참 모습을 보이는 것은 숭고하다. 달을 맞아 자기의 가장 아름다운 결정체인 꽃을 피워 보이는 달맞이꽃은 그래서 더 아름답다.

모든 것을 진정으로 주는 일은 어렵다. 대인관계에서 이해타산이나

거짓된 행위로 남을 속이는 처신이 비일비재하다. 사업에서 친구지간
에서 이웃에서 남녀관계에서 모두 그렇다. 숭고하고 진실해야 할 남녀
간의 사랑에도 상대를 위해 헌신하겠다는 기본 덕목이 빠져 있다. 권
리와 자유만 앞세우니 화목할 수 없고 사랑이 깊어질 수 없다. 달과 달
맞이꽃의 관계가 부럽다.

태양을 삼킨 당당함

해바라기꽃

너는 이 지상에 마지막 남은
살아 있는 錬金術師(연금술사),
우리들의 가슴 속
憂愁(우수)의 그늘진 골짜기에
너는 황금의 수레를 굴려
빛을 싣고 온다.

　　　　　　해바라기꽃이 해를 따라 고개가 돌아
간다는 말에 하루 종일 해바라기를 바라보던 기억이 난다. 그 뒤로도
해의 위치와 해바라기꽃의 방향을 흘끔거리며 지켜보았다. 어릴 때 보
았던 해바라기꽃은 꽃판이 커다랗고 꽃대가 어른 팔뚝만큼 굵으며 좀
과장해서 머리가 양산만한 아주 당당한 꽃이었다. 고개를 젖히고 쳐다
보면 울타리나 돌담 위로 저만큼 올라가 있었다. 한 포기에 쟁반 크기
만한 꽃을 매달고 있어서 늘 속으로 감탄하며 바라보곤 했었다.

　언제인가는 한 줄기 끝에 여러 개의 꽃줄기가 나와서 자잘하고 볼품
없이 작은 해바라기가 핀 것을 보고 무척 실망했다. 한 사물에 대해 선
의의 이미지를 가지고 있다가 배반당했을 때의 허망함이었다.

　해바라기, 그것은 점점 커지는 둥근 화판과 강렬해지는 여름 햇볕
사이를 날마다 눈부시게 우러러 보면서 황금빛 화판이 활짝 펼쳐지는
날을 고대하게 했다. 가장 뜨거운 팔월의 하늘에는 불덩이의 해가 또

하나 더 빛나고 있었다. 진정 해바라기는 여름 꽃의 대명사라 해도 과언이 아닐 만큼 강렬한 인상과 의연한 품격을 지닌다.

네덜란드의 화가 빈센트 반 고흐는 1888년에 〈해바라기〉를 완성했다. 파란곡절이 많은 역경과 불같은 성품, 남프랑스 아를르의 밝은 광선이 복합된 그림이다. 작품은 밝은 색채와의 조화를 가지는 역학적인 색면 구성으로 이루어졌다. 이글이글 타오르며 황홀하고 무서운 불길의 빛깔이다. 〈해바라기〉에서 해바라기꽃은 꿈틀거리듯 요동치는 모습을 하고 있다. 화가의 불길 같은 열정의 용솟음이 보인다. 어쩌면 그것이 해바라기꽃의 진정한 모습일지도 모른다.

중국 사람들은 해바라기씨를 즐겨 까먹는다. 열 살 전후에 부모님을 따라 만주지방에서 살았던 적이 있다. 겨울철이면 볶은 해바라기씨가 시장에 나왔다. 우리나라에서 번데기 팔 때 쓰는 작은 종이고깔봉지 같은 것에 담아주곤 했다. 좀 길쭉한 해바라기씨를 입에 넣은 다음 혓바닥으로 어금니 사이에 끼워 넣고 세운다. 어금니를 살짝 깨물면 해바라기씨가 튀어나오고 껍질은 입 밖으로 내뱉는다. 가끔 맥주집에 가보면 볶은 해바라기씨를 안주로 내오는 것을 본다. 왠지 새롭고 반갑다는 느낌이었다.

온전히 하나로 뭉친

둥근 황금의 결론을 얻는 신비

너는 이 지상에 마지막 남은

살아 있는 鍊金術師(연금술사),

우리들의 가슴 속

憂愁(우수)의 그늘진 골짜기에

너는 황금의 수레를 굴려

빛을 싣고 온다.

먼 잉카제국이나 멕시코에서

歸化(귀화)한 지 오래나

너의 빛나는 환희와 경건을

어떤 祭壇(제단) 위에서

만나볼 수 있을까.

〈해바라기꽃〉

    군대에 입대할 무렵 논산훈련소 연병장 주변에는 아주까리가 많았다. 휴식시간에는 아주까리 그늘 밑에 벌렁 드러누웠다. 넓은 잎들 사이로 보이는 푸른 하늘을 바라보며 고향을 생각하거나 훈련이 끝나면 어디로 배속될지 생각하곤 했다. 지금도 연병장 주변에 아주까리들을 심었는지 알 수 없지만, 만약 심을 터가 있다면 키와 꽃판이 큰 해바라기를 심었으면 더 좋겠다.

해바라기꽃이야 말로 젊은이들의 원대한 꿈과 뜨거운 열정과 기백을 고양시키기에 적절한 꽃이다. 이글이글 타는 듯한 황금빛의 대형 꽃판, 굵은 기둥처럼 쭉 뻗은 줄기, 커다랗고 여유 있는 잎사귀의 펄럭거림은 젊은이들의 꿈을 실현하는데 충분하다. 만약 훈련병이 여름 한낮 어떤 우수(憂愁)에 잠겼다면 연병장 가에 이글이글 타고 있는 해바라기꽃을 바라보면 될 것이다.

해바라기꽃을 훈련소 연병장 둘레에 심는 것도 좋겠지만, 그보다 더 좋은 곳은 형무소 주변이 아닐까. 해를 그리워하며 하늘과 빛과 바람을 갖고 싶어 하는 영어(囹圄)의 생활에서 한 포기의 실한 해바라기꽃과의 만남은 많은 것을 느끼게 하고 얻게 될 것이기 때문이다. 어느 시인은 감옥생활에서 시멘트 틈에서 싹이 트고 자라는 풀포기를 보면서 생명의 위대한 힘을 알고 새로운 의욕을 얻었다고 했다.

이런 이야기가 있다. 양을 기르는 목장에서 양들이 잘 다니는 길목마다 흰 판에 검은 얼룩점이 있는 입간판을 세워놓았더니 임신한 양들이 검은 점이 있는 얼룩양을 출산했다는 것이다. 주변 환경이 인간과 동물들에게 미치는 영향이 얼마나 큰지를 일러주는 이야기다.

아침에 일어나 막 떠오르는 해를 껴안고 맨손체조를 한다. 붉은 해가 가슴 깊숙이 들어오는 듯한 포만감에 왠지 너무 감사하다. 뜨락의 철쭉꽃나무 밑에 있는 윤판나물이 고개를 내밀고 햇빛을 향해 낑낑거리며 기어 나오려 한다.

병원에 가보면 햇살 눈부신 뜰에서 해바라기를 하는 환자들이 양지

밭에 앉아 있다. 감옥 안의 수인들도 햇빛보기를 갈망한다고 한다. 사람들은 햇빛 비치는 방향으로 창을 낸다. 물속의 남생이가 햇볕 쬐는 바위 위에 나와 있다. 우리들 모두는 해바라기꽃이다.

당신을 유혹하는 눈빛
사과꽃

너의 발그레한 볼과
네 흰 속살을 생각하면
내 정성을 다해 사랑했던
그 맑고 푸른 날의 한 가운데
눈부신 해가 보인다

단독 슬레이트지붕의 집을 마련했다.
고등학교 교사를 하던 초등학교 동창 집이었다. 그는 서울에 있는 고
등학교로 자리를 옮기느라 집을 팔았다. 아무래도 다른 사람에게 사는
것보다는 수월하게 샀다.

집을 처음 마련하는 기쁨은 참으로 대단했다. 곁방살이할 때의 불편
했던 일들이 떠올랐다. 우리 집 아이가 주인집 아이를 윽박질러서 크
게 꾸중을 주었더니 애가 보이질 않았다. 내외가 부랴부랴 찾아 다녔
다. 재래식 뒷간에 빠졌나 하고 긴 막대기로 휘저어 보기도 했다. 애들
이 크게 울어도 걱정, 장난이 심해도 걱정이었다. 우편물을 많이 이용
하던 때였는데 주소는 늘 ○○○의 방(方)이란 걸 써 넣어야 했다.

새로 마련한 집은 마당이 꽤 넓었다. 막내 동생이 식목일에 학교에
서 얻어왔다며 사과나무 묘목 한 그루를 가져왔다. 마당 한가운데서
좀 비켜 심었다. 심은 지 한 삼사년이 지나자 사과꽃이 피었다. 너무나

신기하고 기뻤다. 마당에 꽃향기가 가득하고 환한 빛깔로 꽉 차오르는 듯했다. 하얀 꽃잎에 가장자리가 발그레한 분홍빛이어서 여자가 남자를 유혹할 때 흘리는 눈웃음 빛깔이었다. 유심히 보고 있으면 자꾸 꽃빛 속으로 빨려들었다. 청순하면서도 뭔가 소곤거리며 다가서는 꽃이었다.

사과나무가 좀 더 자랐고, 아이들 삼남매는 사과나무를 오르내렸다. 사진을 찍을 때도 사과나무 앞에서나 위에서 찍었다. 사과가 달리기 시작하자 아내는 농약 치는 일을 걱정했다. 과수원집에 가서 부탁하고 장비를 빌려 직접 농약을 치기도 했다. 집에 심은 사과나무는 빛깔이 아름다운 홍옥이었다. 붉은 빛으로 윤택이 나는 홍옥이 달렸다. 사과나무는 마당을 화려하고 풍요롭게 했다. 추석에 마당에서 재배한 홍옥을 차롓상에 올려놓았다.

겨울에는 작은 새가 날아 와서 쉬었다 갔고, 눈발 사이로 뻗어 있는 사과나무 가지들은 더욱 겨울의 정취를 북돋았다.

사과꽃은 四月(사월)에 핀다

하얀 듯 발그레한 듯

누굴 그리워하는 속내

그러잖아도 보고 싶은 얼굴

가슴은 마냥 아지랭이

안림동으로 목행동으로

동량면으로 신니면으로

지천으로 피어 벌나비를 꾄다

하늘은 솜털마냥 나붓이 부풀고

가슴으로 눈으로 안겨오는 사과꽃

사과꽃향기 속에 파묻히는 四月(사월)

과수원 길에서 너를 기다리며 설레는

忠州(충주)는 발그레 단꿈을 꾼다.

〈사과꽃이 피면〉

어릴 때 산촌에서는 사과나무를 자주 보지 못했다. 중학교 다닐 때 읍내에 와서 과수원을 보고 만개한 사과꽃을 보았다. 읍내에는 과수원이 많았다. 중학교 건물 바로 뒤 언덕배기쪽이 과수원이었다. 사월이 되면 사과꽃의 깊고 은은한 꽃향기와 하얀빛으로 학교는 좀 들떠 있는 듯했다. 바람이 불고 휘날리는 꽃잎이 운동장이나 교실복도까지 이르렀다. 우리들은 사과꽃을 바라보면서 각자 무슨 꿈인가 꾸었다.

사과의 고장 충주의 사범학교에 진학하면서 자취생활을 했다. 사과가 익을 무렵 저녁엔 가끔 친구들과 함께 사과서리를 했다. 당시엔 그것이 악의 없는 풍습으로 서로 눈감아주고 용서해주는 익살쯤으로 여겼다. 닭서리, 참외서리, 수박서리 등이 그때에 있었다. 한번은 주인이 나타난 듯해서 알고 보니 그 쪽도 사과서리를 온 학생이었다. 가슴을 쓸어내리며 웃었다.

너의 발그레한 볼과

네 흰 속살을 생각하면

내 정성을 다해 사랑했던

그 맑고 푸른 날의 한 가운데

눈부신 해가 보인다

어디 먼 하늘에서나

소곤거려 쓰다듬던

네 탱탱한 그 발그레 빛나는 볼

네 속살을 아그작 깨물면

아찔한 단물과 천길만길 어지런 향기.

〈사과에게〉

충주에는 '시인(詩人)의 공원(公園)'이 있다. 그곳에서 시낭송대회, 사물놀이, 굿, 민요창대회 등 많은 문화행사를 한다. 전국의 시인과 작가들이 모여 시낭송을 했다. 그 시인 작가들 중에서 충주사과의 명품성을 인정하는 이들이 많은 것을 보고 속으로 기뻤다.

"사과야" 하고 네 이름을 부르면

언제 어디서나 먼저 향긋하게 다가온다

있는 듯 없는 듯 다가서는 네 향기는

분분히 눈발 날리는 겨울일수록 짙어

먼 손님의 案前(안전)에 나붓이 앉는다

너로 하여 우리의 손끝에 입술에

향기로운 악수와

향기로운 입맞춤이 시작되고

먼지에 절은 우리의 가슴은

참 맑아지고 높아진다

〈사과향기〉

　제사를 지내고 나서 먹는 사과는 별다른 느낌과 맛이 있었다. 배나 감이나 복숭아보다는 어쩐지 고급스러웠다. 서민들이 사과를 흔하게 사다 먹기 시작한 때는 확실하지는 않지만 칠십 년대 후반부터가 아닌가 한다. 지금은 가장 친근한 과실이 되었다. 사과는 참으로 그 향이 일품이다. 사과처럼 향기로운 사람이 되었으면 한다.

설움을 함께 나누는 벗

진달래꽃

- 서럽다 말을 할까
하니 서러워 -
수척하신
어머니가 꿈에 오시다.
밤내 매운 코피가
온 가슴을
지천으로 물들이다.

　　　　　참꽃이나 두견화라고도 불리는 진달래꽃을 보노라면 이 꽃이야말로 진정한 우리 토종이구나 하는 생각이 든다. 봄이 오자마자 국토의 온 산천을 붉게 물들여 이 땅에 봄이 온 것을 실감케 해주는 꽃이다. 그런 만큼 글과 놀이와 다양한 음식에 이르기까지 우리 민족의 의식과 문화 속에 깊이 자리한다.

《삼국유사》 2권에 실려 있는 〈수로부인(水路夫人)〉에 있는 이야기다. 신라 성덕왕 때 순정공이 강릉 태수로 부임하는 도중에 바닷가에서 점심을 먹었다. 바닷가 절벽에 붉은 진달래가 만발해 있었다. 수로부인이 그 꽃을 갖기를 원했으나 하인들은 위험하다며 나서지 못했다. 마침 암소를 끌고 지나가던 늙은이가 노래까지 지어서 부르며 꽃을 꺾어 바쳤다.

우리가 잘 아는 〈헌화가〉이다. 김소월의 〈진달래〉 또한 너무 잘 알려진 시다. 한국적 애상과 체념과 맵찬 정한이 짙게 밴 이 명시로 어쩌면 진달래꽃 자체의 모습과 정서를 대변해주는 듯하다. 그게 바로 명시의 힘이 아닐까.

삼월 삼짇날 들놀이 할 때 진달래꽃을 따서 찹쌀가루에 섞어 꽃전(화전)을 만들어 먹었다. 고려시대부터 전해와 조선시대엔 궁중에까지 꽃전놀이가 성행했다. 진달래꽃을 넣어 빚은 두견주는 충남 당진과 면천이 유명하다.

고려의 개국공신 복지겸이 원인 모를 병이 들었다. 면천 땅에서 요양 중에 열일곱 된 딸이 꿈을 꾸었다. 꿈속의 신선이 가르쳐 준대로 진달래꽃잎을 섞어 술을 빚었다. 이 술을 먹고 병이 나았다고 한다. 면천 술은 봄철의 술이다. 이런 것을 기념하기 위해 면천면에서는 진달래축제가 개최되고 있다.

결혼한 지 얼마 되지 않아 장인께서 병환이 위독하셨다. 아내는 장모님이랑 함께 진달래꽃술을 담그려고 진달래꽃을 따러 깊은 산으로 갔다. 진달래꽃을 따는 도중에 돌아가셨다는 기별을 받았다. 가득 따담은 진달래꽃을 팽개친 채 정신없이 산을 뛰어 내려왔다. 치마폭에서

와르르 무너져 내리는 붉은 진달래꽃이 눈에 선했다.

잊었던 삼,사월에 다시 진달래는 피어

이 나라에 봄이 온다는 걸 안다.

지천으로 핀다 해서 무엇이 잘못일까.

이 나라의 봄은 저리고 아프다는 걸

진달래 꽃빛깔을 보면 안다.

겨울 추위가 혹심하면 진달래는 더욱 짙어서

우리들 가슴에 아름아름 가득하고

꽃술에 취하고 어지러이

이 산천에 피는 진달래꽃이 되고 싶어…

〈진달래〉

　진달래꽃을 오미자 국물에 띄워 만든 진달래 화채는 그 향기와 빛깔이 봄철과 잘 어울리는 전통요리이다. 두견화채라고도 한다. 또 진달래꽃을 녹두가루에 반죽하여 익힌 것을 가늘게 썰어 오미자 국물에 띄우고, 꿀을 섞고 잣을 곁들인 것을 화면, 즉 꽃국수라고 한다.

　진달래가 피기 시작하면 동네 아이들은 산으로 내달려 닥치는 대로 꽃을 따먹는다. 입술과 이가 모두 검푸른 색으로 변해 있다. 그 몰골을 보고 서로 손가락질을 하면서 박장대소 한다. 한 아름씩 진달래꽃을 꺾어 와 빈병이나 작은 항아리에 꽂아 놓기도 하고, 꽃방이를 만들어

동생이나 어머니에게 드린다. 시골에서는 거의 참꽃이라 불렀다. 나뭇
짐마다 참꽃들이 한 움큼씩 꽂혀 있고, 논밭을 가는 소 등이나 코뚜레
에도 참꽃은 꽂혀 있었다.

陰三月(음삼월)에 진달래 피다.

바람이든 소쩍이든

모두 울어서 온 山川(산천)에 피다.

기별 없이 종일을

黃砂(황사)바람 끝에 시달리고

칼도 없이 스러지는

봄 풀잎의 기약 없는

하늘 끝이 보이다.

─서럽다 말을 할까

하니 서러워─

수척하신

어머니가 꿈에 오시다.

밤내 매운 코피가

온 가슴을

지천으로 물들이다.

〈진달래─素月調(소월조)〉

봄이 되면 산촌학교 어린이들은 경쟁적으로 진달래를 꺾어 온다. 교실에 있는 꽃병이 모자라 양동이에도 꽂아 놓는다. 당번을 정해서 꺾어 오게 해도 늘 진달래꽃은 교실에 넘쳤다.

꽃을 따서 책갈피에 넣기도 하고, 암술을 뽑아 서로 걸어 당기는 꽃싸움도 한다. 진달래꽃에 대한 글짓기를 하고, 서로 읽어주기도 한다.

진달래꽃으로 가득 찬 교실과 문만 나서면 앞산 뒷산이 진달래로 불타고 있는 듯한 붉은 산 속의 학교는 이른 봄 한철을 꽃대궐 속에서 지낸다. 교실 창문을 열면 산에 핀 붉은 진달래가 곧장 다가선다. 봄의 새소리들이 하늘 높이 지저귄다. 한편으로는 너무 고요하고, 한편으로는 무슨 일이 벌어지고 있는 듯 다급한 봄날의 오후다.

새의 몸은

모두 바람으로 짜여졌다.

날아가는 깃털마다

봄이 왔다

찌찌찌 찌찌찌

쯔비쯔비쯔비 쯔비쯔비쯔비

새가 하늘을 떠돌면

새만한 영혼의 꽃 한송이가

붉고 푸르게

이 지상에 핀다

가늘고 고운 뼈마디마다

꽃물이 든 새는

내 이마에 닿을 듯 말 듯

하늘을 날아 오르고

지상과 하늘엔 새와 꽃과…

〈봄의 새소리1〉

봄날의 온산천엔 진달래가 붉게 피지만 왠지 서럽다. 수척하신 어머니, 새, 진달래의 여린 꽃잎, 연분홍, 일제식민지, 얼음 풀린 골짜기의 물소리, 바람소리, 그의 눈빛, 오솔길 모두 서럽다. 진달래꽃은 서러운 꽃이다.

백일홍

호적에만 남아 있는 乭石(돌석)이
干蘭(간난)이 같이 종이비행기 같이
이젠 수소문 해봐도 모를
저 하늘 속에 있는 것들
노랗고 빨간 백일홍이 보고 싶다.

작년 백일홍이 피었을 때 서울로 간 간
난이가 올 꽃이 피었는데 아직 소식이 없다고 걱정하는 간난이 어머니.
꽃 피고 꽃 지는 것을 바라보며 세월의 기쁨과 아픔을 톺아갔을 것이다.

가끔 커다란 호랑나비가 날아왔다. 백일홍꽃에 앉을 듯 하다가 날아
가 버린다. 남은 하늘이 더없이 넓어지고 다른 나비와 벌들이 날아와
꽃밭답게 한다.

백일홍은 백일초라고 부르기도 한다. 백일 동안 피어 있다고 해서
붙여진 이름이다. 잎은 줄기 없이 서로 맞서 나며 조금 넓고 타원형이
다. 꽃대 끝에 동글납작하게 꽃잎이 포개진 듯하며, 칠월부터 꽃이 핀
다. 야생이 아니고 화분이나 화단용이다. 빨강, 노랑, 자주, 담황색,
흰색의 꽃이 핀다.

햇볕이 잘 드는 마당 한켠에 넙적한 돌들을 깔아놓고 그 위에 장독
을 올려놓았다. 주변에 백일홍, 과꽃, 분꽃, 맨드라미, 채송화, 봉숭

아, 금송화, 상사화, 다알리아를 심었다. 가을에 씨앗을 받아두었다가
꽃모를 가꾸고 봄비 오는 날 꽃모를 심었다.

꽃들이 자라고 망울을 맺고 꽃이 피는 모습을 보면서 아이들 학교문
제와 결혼시킬 걱정과 농사일의 순서를 꽃과 연결시켰다. 백일홍 꽃모
종을 하면서 시집간 딸이 잘 있는지 생각했다. 백일홍꽃이 핀 것을 보
고 어머니도 된장을 떠담다가 앞산이나 하늘을 바라보았을 것이다.

이젠 장독대 가에서 떠난

노오랗고 빨간 백일홍이 보고 싶다.

긴 하루해가 짭짤하게 이울고

겹백일홍으로 날아들던

커다란 호랑나비가 보고 싶다.

호적에만 남아 있는 乭石(돌석)이

干蘭(간난)이 같이 종이비행기 같이

이젠 수소문 해봐도 모를

저 하늘 속에 있는 것들

노랗고 빨간 백일홍이 보고 싶다.

〈백일홍〉

길거리의 화분이나 꽃 장식, 꽃길도 언젠가부터 서양꽃으로 바뀌었

다. 팬지, 사피니아, 페추니아, 사루비아가 차지하고 있다. 서양꽃은 색깔이 현란하고 아름답지만, 오랫동안 우리와 함께 해 온 백일홍, 금송화, 맨드라미, 과꽃도 아름다움에서 전혀 뒤지지 않는다. 서양꽃이 시각적으로 아름답고 선명한 강점이 있는 반면, 우리 꽃은 은은하면서도 지난 추억을 되새길 수 있는 정서적 강점이 있다.

어느 대기업 건물의 로비에 백일홍과 맨드라미를 커다란 화분에 심어 놓은 걸 보고 깜짝 놀란 기억이 난다. 무척 정감이 가고 신선함을 주었다. 모두가 비슷한 생각에 잠겨 있고 행동할 때, 좀 색다른 것으로 시선을 끄는 일도 참신한데, 그것이 우리의 뿌리일 때 더 큰 감동을 준다.

전래의 문화와 그 소재들을 일시에 폐기해 버리기보다는 아끼고 소중히 여겨 새로운 발전의 기틀로 삼아야 한다. 그래야 우리 고유의 문화와 소재들이 더욱 참신한 모습으로 살아난다. 문화재로 지정된 고가(古家)가 허물어지고 있어도 예산타령만 한다. 도시계획이란 미명 아래 보존될 가치가 있는 시설이나 가옥들이 가차없이 철거되고 있다. 사적지로 지정돼야 할 곳에 아파트가 지어진다. 석탑이나 옛 구조물의 잔해들이 논밭이나 산야에 나뒹굴고 돌담 사이에 끼어 있다. 국립박물관의 보안시설이 개인 금은방만도 못해 국보가 도둑맞아도 속수무책이다.

아득히 바라뵈는 동해
물결 위에 얹혀 있는
감은사터 두 개의 쌍탑

그 날개도 커서 동해 갈매기보다

날으는 품세가 더 좋다

날개에 얹혀 날아가고 싶은

수중릉 대왕암의 꿈

사바세계의 돌날개를 타고

문무대왕이 하늘로 날아간다.

〈感恩寺(감은사)터 雙塔(쌍탑)〉

불국사 경내를 구경하고 토함산 북동쪽 계곡을 지나 고개를 넘어 감포로 가는 훤한 길에 들어섰다. 대왕암이 있는 동해 용당포 못 미쳐 왼쪽 들판 한가운데 웅장한 석탑 한 쌍이 서 있다. 하늘로 비상할 듯한 커다란 옥개석(屋蓋石)의 가벼움은 이 탑이 갖는 신비한 감동의 모습이다.

삼국통일을 이룩한 문무대왕의 아들 신문왕이 부왕의 은혜에 감사한다는 뜻으로 감은사(感恩寺)를 창건했다. 문무대왕 수중릉인 대왕암이 있는 용당포에 들렀다가 감포로 향했다. 감포 횟집 뜨락에 여러 포기의 백일홍이 심겨 있었다.

원초적 사랑의 향기

밤꽃

밤꽃이 진 계절에도
코를 벌름거리며
저자거리에서
밤나무 숲의 밤꽃 향기를—.

고향집에는 서너 그루의 밤나무가 있었다. 아주 큰 것 한 그루와 중간치쯤 되는 것 두 그루였다. 밤나무꽃이 필 때면 독한 밤꽃 냄새로 어질어질했다. 큰 밤나무마다 누런 광목을 뒤집어씌운 듯 그득히 핀다. 그 냄새는 특유하고 독해서 밤나무 곁을 지날 때면 코를 손으로 꼭 쥐고 지나거나 일부러 피해 다녔다.

장가를 들고 어른이 된 다음에야 밤꽃 냄새의 정체를 알 수 있었다. 그 냄새는 부부의 방사(房事)가 끝난 다음에 나는 원초적 향기였다. 어른이 된 뒤부터는 밤꽃 향기가 싫지 않았다. 오히려 밤나무 숲이나 밤나무 아래에서 코를 벌름거리며 밤꽃 향기를 음미하는 편이었다.

밤꽃이 지고 작은 까칠밤송이가 열리면 애들은 오며 가며 밤나무를 쳐다보면서 밤송이 벌어질 날을 고대한다. 성급한 애들은 밤송이가 애기 주먹만 해도 돌멩이를 던지거나 후링개(짧은 막대기로 던져서 무엇을 떨어뜨리는 연모, 경상북도 북부 지방의 사투리)질을 한다. 이때부터 밤나무 밑에 있는 채소밭이나 콩밭은 차츰 짓밟히기 시작한다. 그러나 그악스럽게 말리는 주인도 없고, 애들도 겁을 내지 않는다.

올밤은 추석 전후쯤이면 밤송이가 누렇게 익고 벌어지면서 저절로 밤알이 뚝뚝 떨어진다. 알밤이 떨어지기 시작하면 아침저녁으로 종다래끼를 가지고 가서 주워야 한다. 동네 애들이 새벽같이 달려오기 때문이다.

밤송이들이 누렇게 익으면 밤을 턴다. 긴 장대를 가지고 땅 위에서 털 수 있는 아랫부분을 먼저 털고, 높은 곳에 매달린 것은 나무에 올라가서 나중에 턴다. 밤나무 아래에서 일을 뒷바라지할 때 떨어지는 밤송이에 머리나 어깨를 맞게 된다. 얼굴이나 맨살에 맞으면 밤가시가 박혀 몹시 아리고 아프다. 밤송이들은 삼태기로 담아 가마니에 넣거나 바소쿠리에 담아 뒤뜰이나 헛간에 갖다 놓는다. 며칠 지나면 모두 아람이 번다.

앞산 멀리
뭉게뭉게 구름처럼
밤꽃이 피었다.
어릴 때 밤꽃 냄새는
지독하게 독했다.
밤나무 숲을 피해 다니며
숨바꼭질을 했었는데—

〈밤꽃〉

어느 분교에 근무했을 때였다. 학교 소유의 밤나무밭이 있었다. 산비탈에 꽤 넓었다. 밤꽃이 필 무렵이면 특유의 원초적 향기가 교실과 운동장에 꽉 찬다. 밤나무밭이 교실로부터 가까웠기 때문에 코앞에 있는 셈이었다. 수업이 끝나고 혼자 밤나무 숲으로 들어섰다. 밤꽃 향기가 어지러울 정도로 짙다. 벌떼들의 윙윙거리는 소리가 어디 먼 원뢰(遠雷)가 울려오듯 숲은 크게 흔들렸다. 벌들의 신명나는 축제가 벌어지고 있었다.

가을이면 또 한 차례 밤나무 숲이 바쁘다. 아람이 벌고 알밤은 끊임없이 후두둑후두둑 떨어진다. 다람쥐도 산쥐들도 모두 바쁘다. 어디엔가 많이 갈무리해 둔다. 눈이 쌓이면 땅굴 속에 그득히 모아놓은 알밤을 까먹으며 한 식구들이 편안히 지낼 다람쥐와 산쥐들은 행복하겠다.

지하철역 구내에서 노숙하는 사람들이나 집 없이 사는 사람들의 소망은 일차적으로 따뜻한 집과 음식이다. 하루 일을 마치고 눈길을 걸어 불이 환하게 켜진 집으로 드는 일이 그리 쉬운 일일까. 수많은 아파트를 바라보면서 그로부터 소외된 사람들을 생각해 본다.

'밤꽃'을 짧게 읽거나 길게 읽으면 그 뜻이 완연히 달라진다. 윤락여성들을 밤꽃이라고 부른다. 그들은 잠자는 집은 있지만 진정한 내 집이 없다. 가족과 함께 저녁을 먹을 집이 없다. 성(性)문화가 개방되고 절제되지 못한 탓에 밤꽃 아닌 밤꽃들이 밤꽃행세를 한다.

조선시대는 법도 있는 집안에서 제사떡을 빚을 때 부녀자들은 창호지로 입을 막고 작업하였다. 색기(色氣)를 방지하기 위해서였다. 선비들이 길 가다 암탉이 수탉을 업는 것을 보거나 메뚜기가 업고 뛰는 것만 보아도 세안(洗眼)을 했다. 길 가다 방아 찧는 소리만 들어도 돌아와 세이(洗耳)를 했던 선비도 있었다. 이러한 기색(忌色)행위는 지금 잣대로 생각한다면 웃음을 자아내겠지만, 당시의 준엄한 윤리의식과 생활규범을 가볍게 웃어넘길 일만은 아니다.

어떤 문화건 그 변화가 과격하거나 속도가 너무 빠르면 사회적 부작용과 병폐가 생긴다. 우리의 전통적 기반 위에 건강하고 아름다운 성문화 개방의 길은 없는 것일까.

밤꽃이 지고 까칠밤송이가 다닥다닥 매달렸다. 익지도 않았는데 너무 성급하게 돌팔매질이나 후링개를 던지지 말고, 비바람을 맞고 천둥번개가 치고 뜨거운 햇볕을 쬐면서 투실한 밤송이가 누렇게 익어 아람이 쩍 벌어질 때까지 기다리자.

나는 온전한 나인가

쑥

음력 五月(오월) 단오께
약쑥을 베면서
낫날에 묻어나는
쑥빛 향기에 취하면서
아득히 날아가는
앞뒷산의 저 뻐꾸기 울음.

쑥만한 야생초가 또 있을까? 단군신화에 하느님(桓因)의 아들 환웅(桓雄)은 사람으로 환생하기를 원하는 곰과 호랑이에게 신령스런 쑥 한 줌과 신령스런 마늘 스무 쪽을 준다. 백날 동안 먹으며 배고픔과 두려움을 참으면서 굴 속에서 기도하라고 이른다. 마늘은 인간의 역사가 시작된 이래 가장 훌륭한 양념재료다. 쑥은 그 활용도가 너무 다양하며 약효력도 단연 뛰어나다.

쑥은 어느 곳에서나 자라며 가장 흔하고 가장 잘 번식하며 가장 효용 있는 들풀이다. 저수지 뚝방 불 탄 자리에서 뜯는 쑥은 북더기가 묻지 않아서 아주 깨끗하다. 이른 봄의 쑥은 손에 잘 잡히지도 않아서 뜯기가 힘들지만 공들여 뜯어와 된장국 끓이는데 넣으면 쑥향이 진하게 피어오른다.

아들 내외가 온다고 해서 쑥을 뜯으러 나갔다. 쑥국도 끓이고 쑥떡이나 쑥부침개를 부쳐서 봄 향기라도 맛보게 할 요량이었다. 댐 옆의

버드나무들은 작은 잎을 내놓고 있었다. 물은 한결 부드럽고 친근해 보였다. 댐 주변으로 둘러싸인 산들은 웅성웅성 무슨 음모라도 꾸미는 듯 흔들렸다. 봄에 꿈틀대는 저 생명의 확신은 누구에게나 자신감을 주는 듯했다.

아내는 푸른 댐과 산과 하늘을 바라보면서 기운이 돋는 듯했다. 겨우 내내 위장장애로 밥도 제대로 먹지 못했었다. 서울의 큰 병원을 비롯해 한방병원과 여러 병원에 다니며 탕약을 먹고 침을 맞고 쑥뜸질을 해야 했다. 재료를 사서 저녁마다 쑥뜸질을 해줬다. 전의 내 모습과 달라진 나를 보게 된다. 나이 들고 서로가 보호하지 않으면 안 되겠다는 위기감일까.

身病(신병)도 없는

논두렁

三月(삼월) 양지는

저들끼리

겨울 속 향기를 솎아

파아란 쑥들을

자라게 하고 있다.

눈녹은 물을 먹고

쑥들은

우리가 잊어가는

솔가지 냄새나

개똥 냄새들과

몰래 얼려서

쑥색 하늘의

행주치마를

헹구고 있다.

山番地(산번지)를 돌아가는

어찔한 쑥 냄새

우리 부스럼 껍데기를

마른 누룽지처럼

떼어 내던

南風(남풍)의

그 아지랭인

너의 귀밑머리에도 없다.

저 낯선

野菜(야채)시장에

묶여 나온

눈─물에 젖은

쑥들은

쑥냄새를 잃어버린

참 허전한

맨손으로

누워 있다.

허우적대는

맨손가락

냄새도 없는

쑥을 옆에

지긋이

코를 대고 섰는

저기

天生(천생)의

한 묶음

쑥.

〈쑥〉

　　야생이라며 파는 씀바귀나 고들빼기나 취나물이 사실은 대부분 온실에서 재배한 나물이다. 소비가 늘어나 어쩔 수 없는 일이지만 야생의 씀바귀나 고들빼기의 향기나 특유의 쓴 맛이 없어 안타깝다.

쑥은 그렇지 않다. 쑥을 비닐하우스에서 대량으로 재배한다는 얘기는 들어보지 못했다. 산야 어디서나 지천으로 나기 때문이다. 다행다복한 일이다. 그 향기와 식품성과 약효가 우리 주변에서 떠난다면 서민들의 심정적 가난은 더 깊어지겠다. 쑥은 우리의 정체성이다.

단오 전후에 약쑥(산쑥)을 벤다. 약쑥은 쑥보다 키가 크고 희뿌연 색깔이다. 그늘에 말렸다가 뜸쑥으로 쓴다. 늦여름부터 잎과 줄기 사이에 담황색 꽃이 핀다.

五月(오월) 단오께 한줄금 비가

그넷줄에 젖는다

올해는 풍년이 들겠지

전설은 혼자 그네를 타고

하늘로 솟구친다

솟아라

솟아 올라라

앞산을 걸쳐타고

뒷산을 들쳐업고

논배미를 날아올라

강물 따라 굽이굽이

새를 따라 휘얼휘얼

음력 五月(오월) 단오께

약쑥을 베면서

낫날에 묻어나는

쑥빛 향기에 취하면서

아득히 날아가는

앞뒷산의 저 뻐꾸기 울음.

〈약쑥을 베면서〉

　　교문 앞길에 어깨까지 차오른 약쑥들이 뿌우옇게 자라 있다. 멀리 강줄기가 휘돌아 가고, 강마을이 낮게 엎드려 있다. 마을 한가운데 자리한 느티나무엔 누런 그넷줄이 매달려 있다. 노인들이 장기를 두고, 나룻가에는 애들과 강아지들이 어릿댄다. 나룻배가 강가에 머물러 있고, 아무도 오지 않는 공간을 뻐꾸기 울음이 채운다. 낫을 들고 약쑥을 베면서 쑥 냄새에 코를 벌름거린다.

가난을 비추는 등불
살구꽃

살구꽃이 활짝 핀 대낮
꽃나무 아래 서면
왜 이리 설레나
먼 산꼭대기 흰 눈이
마악 사그러지듯 아물거리고
푸른 보리 이랑을 스쳐 오는
바람결에
살구꽃은
눈보라인 양 분분하다

행화(杏花)라고도 해서 살구꽃 피는 마을이 행화촌(杏花村)이다. 시골에는 거의 집집마다 살구나무 한두 그루가 있다. 봄눈이 막 녹은 사월이면 잎도 피기 전에 분홍색 꽃이 화들짝 핀다. 살구나무는 색깔이 검은 듯 우중충해서 초봄에 춘궁기를 걱정해야 하는 농촌을 더욱 우울하게 한다. 그러나 살구꽃이 활짝 핀 농촌은 모든 걱정에서 훌훌 벗어나는 듯 환하다. 빚도 농사일도 식량 걱정도 자식 걱정도 일순간에 살구꽃 속에 파묻힌다.

마을 입구에 들어서면 올망졸망한 낮은 초가집들이 엎드려 있다. 아직 겨울에서 벗어나지 못한 골목길, 수챗구멍, 퇴비장의 어수선한 분위기가 환한 살구꽃빛 아래 조금씩 제 모습들을 드러낸다. 눈 속에서 겨우내 숨죽여 있던 활력들이 살아난다. 처녀들의 얼굴빛이 발그레해지고, 총각들의 목소리가 우람해진다.

벌과 나비가 웅성거리고 꽃향기가 풍요롭다. 우리 선조들은 꽃을 사

랑했을 뿐만 아니라 꽃이 인간 심성에 커다란 영향을 미친다는 걸 깨
달았다. 한 그루의 살구꽃으로 가난하고 우울한 봄을 걷어내고, 집집
마다 활기차고 향기 나는 봄을 맞을 수 있었으니까 말이다.

    한 장
    石鐘(석종) 쪽에도
    밝은 두어날의 빛살을 담아
    우리들의 어깨 위로
    웃고 있는 한 뼘의
    마당은 벅차다.

    남은 눈발의
    하얀
    속살의 물살 고운
    머리칼에나 붙어서
    어질어질 돌아가는
    암내

    검은 腐土(부토) 속으로
    더운 피가 앓게 하여
    집집의 해묵은 窓(창)에

조금씩

相思(상사)를 흩뿌리는

疫神(역신)의, 환한 맨발

막무가내

돌담을 넘어가는

예쁜

발가락발가락발가락…

〈살구꽃〉

숙직실 앞에 커다란 살구나무가 서 있었다. 먼 산의 눈이 허옇게 남아 있는 이른 봄이다. 두 명의 교사만 근무하던 분교여서 한 사람이 출타하면 혼자 남는다. 살구나무 아래서 살구꽃 향기를 맡기도 하고, 꽃가지 사이로 먼 산을 바라보기도 한다. 붕붕거리는 벌떼를 보면서 하늘에 하얗게 그어진 비행운을 발견한다.

혼자 뚝 떨어진 듯 몹시 외롭다. 저녁이 오고 숙직실 주변은 적막해진다. 숙직실 문 밖에 살구꽃이 불을 켠 듯 환하게 서 있다. 소쩍새 우는 소리가 들려오고, 교실은 검게 웅크리고 있다. 처음 벽지학교 근무를 할 때에는 혼자 숙직하기가 두려워 동네 사람을 불러다 같이 자기도 했다.

살구꽃이 활짝 핀 대낮

꽃나무 아래 서면

왜 이리 설레나

먼 산꼭대기 흰 눈이

마악 사그러지듯 아물거리고

푸른 보리 이랑을 스쳐 오는

바람결에

살구꽃은

눈보라인 양 분분하다

물어보지도 않은 채

가는 살구꽃 가지 사이로

푸른 강물이 희끗거리고

강둑 염소 울음에 섞여 오는

저 절창의 봄풀 향기.

〈봄강물1〉

삼월 초 교사 정기 인사이동이 끝나고 한 달쯤 지난 뒤 추가 인사이동에 벽지학교로 발령이 났다. 몇 권의 책과 옷가지 몇 벌을 싼 보따리를 어깨에 걸친 채 강나루에서 배를 기다렸다. 바람이 불적마다 살구꽃잎이 눈발처럼 강물 위로 흩날렸다.

어제는 진눈개비 바람이었는데

오늘은 어두운 골목마다

환한 살구꽃이 피었다.

살구나무꽃 속으로

새가 한 마리 날아간다.

바람빛 열차가 지나가고

조용한 하늘로

아득한 바람 한 자락이

문득 너의 눈빛 같이 흔들린다.

이제는

여한 없이 핀

살구나무 꽃가지 사이로

펄럭이는 태극 깃발을 바라보며

왠지 고맙다는 생각뿐

가슴은 메어

혼자 걸어 갈 먼 봄길

눈부신 살구꽃 한 복판에

우두커니 서 있다.

〈봄길〉

황홀한 겨울 바다
동백꽃

저 절절히 푸른 소금기와
저 더운 빛깔로나 가늠할까
추락하지도 승천하지도 못하는
한 점 피멍울
깊고 깊은
바다의 바다.

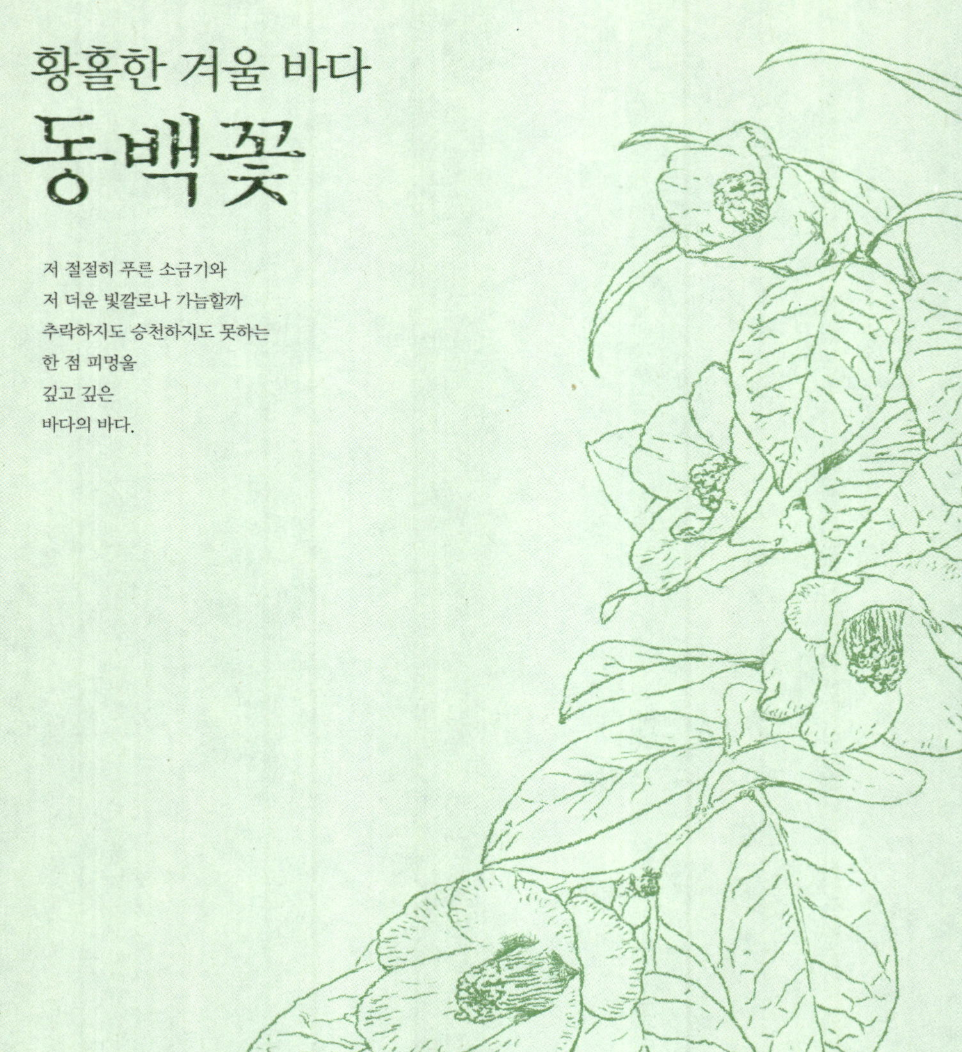

〈동백아가씨〉라는 노래가 널리 퍼지면서 동백꽃에 대한 관심도 많아졌다. 상록활엽의 작은 교목인 동백나무는 일반적으로 남부 해안이나 섬에 많이 생장하고 있다. 높이가 어른 키보다 크고 잎은 동그스름한 타원형으로 두껍고 담록색 광택이 난다. 꽃은 이른 봄에 붉은 오판화가 가지 끝에 핀다. 노란 암술과 수술덩이가 꽃 한복판에 크게 자리 잡고 있다.

젊은 시절 여수 앞바다에 있는 오동도에 가서 동백숲과 꽃을 보았다. 붉은 동백꽃이 눈이 부시게 피었고, 초록색 잎과 색의 대비가 너무도 아름답고 황홀했다. 출렁이는 쪽빛 바다가 시원한 배경으로 자리 잡고 있어 탄성을 자아내게 했다.

동백숲 속을 이리저리 빠져 다니면서 붉은 동백꽃 속을 드나드는 작은 새들의 지저귐은 동화의 한 장면 같았다. 툭툭 꽃송이가 떨어지고, 푸른 바다 멀리 항구로 드나드는 배들의 뱃고동 소리를 듣고, 바다를 바라보면서 좀 더 머물고 싶었다.

햇볕이 든다

어둠은 사라진다

어디선가 숨어봤던 알몸

너는 나보다 더워

바다는 절벽난간에

몸을 부순다

막무가내 바람 불고

너의 숨겨 두었던

어둠과 빛의 갈망을

나는 모른다

저 절절히 푸른 소금기와

저 더운 빛깔로나 가늠할까

추락하지도 승천하지도 못하는

한 점 피멍울

깊고 깊은

바다의 바다.

〈동백꽃〉

어느 해 여름방학 때 둘째 아들과 아내와 함께 거제도로 여행을 갔다. 거제도 민박집은 마당에 많은 동백나무 묘목을 가꾸고 있었다. 직접 동백나무 종자를 채취해서 싹을 내고 묘목을 가꾸고 판매한다고 했다. 떠나올 때 삼년 생 동백나무 묘목도 한 그루 선물로 받았다.

돌아와서 화분에 정성스레 심었다. 이삼년 뒤부터 늦여름께 꽃망울이 맺히더니 겨울 한복판에 붉은 꽃을 피웠다. 너무 소중하고 아름다웠다. 거름을 주고 더욱 정성스레 관리했더니 많은 꽃망울이 맺혔다. 겨울 동안에 거실이 붉을 정도로 활짝 피었다.

동네방네 거제도 동백꽃 자랑을 했고, 이웃에서 동백꽃 구경을 왔다. 동백꽃잎은 홑잎으로 피는 게 있고 겹으로 피는 게 있다. 꽃잎이 뒤로 활짝 젖혀진 것과 오무러진 게 있다. 홑잎으로 오므려 핀 동백꽃이 더 아름답다. 거제도 동백꽃이 바로 그런 모양의 꽃이다.

무더운 늦여름 남행하는 길
문경 상주 김천 구미 창녕 고성 통영으로
들판마다 누른 벼꽃이 뒤덮고 있어
거제도에 닿아서도 힘은 남아 향기롭다.
모기향을 피워주는 민박 아주머니는
뜰에 금송화 백일홍 봉선화를 가꾸었다.
거제도 바다 벼랑에 익은 동백꽃씨들로
마당 가득히 동백묘를 길렀다.
동백묘를 팔아서 아들 딸들을

육지에 대학 보내고 선풍기를 샀다.

마음 닿는 길손에겐 삼년생 동백묘를

고운 황토흙에 싸서 주고 손을 흔들어 준다.

이 칠월 삼복더위에 동백분 앞에 앉아

거제도 앞바다 몽돌해수욕장의

닳아진 검은 몽돌과 바다를 바라본다.

몽돌처럼 반짝거리는 동백잎

우리나라 어느 어머니의 낮고 깊은 바다 위

높은 벼랑에 붉은 동백꽃이 딥다.

이 뜨락에 가득한 파도소리.

〈거제도 동백〉

아내는 거실이 너무 춥다며 연탄난로를 설치하겠다고 했다. 몇 년째
제기하는 아내의 주장이어서 그렇게 했다. 난로를 설치할 무렵에 꽃망
울의 붉은 속살이 비죽이 비쳤다. 난로를 설치해서 더욱 화려한 동백
꽃을 볼 꿈에 부풀었다. 난로 가까이 동백 화분을 놓아선지 벌써 몇 송
이는 붉은 꽃을 활짝 피웠다. 꽃망울들도 꽤 많이 벌어졌다.

그러나 나중에 핀 꽃들은 생기가 없고 피는 흉내만 내는 듯했다. 물
수건으로 잎을 한잎 한잎 닦아주고 사랑방으로 화분을 옮겼으나 꽃은
자꾸 떨어져 내렸다. 잎사귀도 낙엽처럼 우수수 내려앉았다. 두 내외
는 너무 실망해서 아무 말을 할 수가 없었다.

봄이 되고 모든 잎과 새싹들이 돋아나는데도 동백나무에선 아무런 기별이 없었다. 행여나 하는 생각에 초여름까지 물을 주면서 그늘에 두었지만 결국엔 뽑아내고 말았다. 민박집 아주머니의 따뜻한 마음과 붉은 동백꽃을 어이 잊을까. 동백꽃이 사라진 이유에 대해선 아무 말도 하지 않았다. 그 때 몽돌해수욕장에서 주워 온 검은 돌 두 개만 아직 책상 위에 놓여 있다.

꽃반지의 추억

토끼풀꽃

기다리는 가슴에
녹슨 철모 속에
가득히 담아 놓은
하얀 토끼풀꽃

학교 잔디밭에는 늘 토끼풀이 군데군데 모여 자라고 있다. 청소 시간이나 실과 과목의 작업 시간이면 어린이들은 잔디밭에서 토끼풀을 뽑아내곤 한다. 잔디 뿌리가 서로 꽉 얽혀 있고, 토끼풀은 그 틈새에 뿌리를 뻗어나가며 무리를 짓는다. 뾰족한 큰 못이나 호미로 뿌리를 파도 잘 뽑히지 않는다.

토끼풀은 이른 봄에 싹이 올라와 오월부터 희거나 담홍색 꽃을 피운다. 긴 잎자루 끝에 작은 잎이 세 개가 서로 맞서 달려 있다. 어쩌다 네 잎이 달린 것도 있는데 행운을 가져다 준다하여 연인이나 친구에게 전해주기도 한다. 학생시절에 네잎클로버를 책갈피에 넣어 말렸다가 카드를 만들어 좋아하는 사람에게 보낸 기억들이 있을 것이다. 토끼풀로 꽃시계를 만들어 손목에 매주고 목걸이를 만들어 걸어 주었을 것이다. 꽃반지 끼고 꽃팔찌 차고를 노래하면서.

봄이 되면 정원사들이 잔디밭을 가꾸느라 바쁘다. 잔디밭 대신 토끼풀 꽃밭을 만들면 어떨까? 초록빛 동그란 잎들이 바람에 하늘거리고, 긴 목을 뺀 토끼풀꽃들이 떼지어 피어 있다. 구름처럼 떠있는 향기로운 정원이 될 것 같다.

토끼풀은 클로버라는 서양 이름을 갖고 있다. 잔디밭이나 하천 둔치, 정원, 초원 등 햇빛이 잘 드는 곳에 널리 자란다. 어린이들의 털모자에 매달린 털실 방울처럼 포근한 느낌을 주는 꽃이다. 독성이나 별다른 냄새가 없어 친근감을 주는 들꽃이다. 토끼풀꽃은 누군가와 서로 가까워지게 한다. 많은 이들의 가슴 속에 사랑과 추억을 간직하게 한다.

유월이면

그녀 손목에 감긴

토끼풀꽃 시계

가지 못하는 머나먼 곳에

기약도 없는

그대 흰 손목

유월이면

어느 풀밭에나 구름처럼 피어 있는

우리들의 하염없는 하늘가

네잎 토끼풀꽃을 찾아

토끼풀꽃 목걸이를

기다리는 가슴에

녹슨 철모 속에

가득히 담아 놓은

하얀 토끼풀꽃

유월 바람에 미친 듯

윈 산천을 떠돌며

수천의 토끼풀꽃 시계를 차고

깃발처럼 펄럭이는

초록빛 치마.

〈토끼풀꽃〉

단독주택을 지어 이사를 했다. 집 주변은 빈 공터의 풀밭이었고 토끼풀꽃이 하얗게 피어 있었다. 막내딸이 유치원 다닐 때였다. 이웃집 또래 여자애와 토끼풀 꽃밭에서 사진을 찍었다. 초록빛 풀밭에 하얀 별처럼 수없이 박혀 있는 토끼풀꽃 가운데 예쁜 여자애 둘이 웃고 있고, 그 뒤로 멀리 충주 시내가 내려다보이는 사진이다. 사진 속에서 여자애들의 웃음소리와 토끼풀꽃 향기가 번져 나왔다.

막내 딸애가

유치원 때 찍은 사진을 본다.

이웃집 또래친구와 둘이

토끼풀꽃이 하얗게 핀

풀밭에 앉아 웃고 있다.

사진을 꺼낼 때마다

풀꽃 향기는 더욱 짙어

윈 방안이 또 한차례

풀밭처럼 향기롭다.

〈풀7〉

멀리 떨어진 근무지에 갈 때 사진 몇 장을 가지고 간다. 무료할 때나 가족들이 그리울 때 보기 위해서였다. 텔레비전이 귀할 때라 저녁을 먹고 나면 시간보내기가 막막했다. 더러는 책도 읽고 시도 썼다. 하루는 꿈을 꾸었는데 아내도 같은 꿈을 꾸었다고 했다. 이상한 느낌이었다. 유치원생인 막내딸이 아빠가 보고 싶다며 다음과 같은 동요를 부르며 할머니 앞에서 춤을 추었다고 한다.

어젯밤 꿈속에 나는 나는 날개 달고

구름보다 더 높이 올라올라 갔지요

무지개동산에서 놀고 있을 때

이리저리 나를 찾는 아빠의 얼굴

무지개동산에서 놀고 있을 때

그 이야기를 듣고 가슴이 메어옴을 느꼈다. 어머니께서도 손녀의 이 노래와 춤을 보시면서 눈시울을 적시셨다고 했다. 우리 부부는 꿈에서 토끼풀꽃 위에 놀고 있는 막내딸을 보았다.

버려서 얻는 것들

메꽃

물살에 흔줄난 강둑으로
후줄근한 쑥대밭 쑥대밭
쑥대밭 사이 사이
한 두 송이 남은
연분홍 메꽃.

장마철 홍수가 져 물이 휩쓸고 간 뚝방
길가에 쑥대나 여뀌풀대들이 쓰러져 누워 있다. 그 사이로 연한 분홍빛
의 메꽃이 나란히 피어 있다. 나팔꽃과 똑같이 닮았다. 여름 한낮 쓰레
기가 뒤덮인 뚝방 위에 피어 있는 모습은 별다른 아름다움이다. 나팔꽃
은 아침에만 피었다 지지만, 메꽃은 한낮에도 환하게 핀다. 나팔꽃은
꽃이 진 뒤 까만 씨가 달리지만, 메꽃은 씨가 없고 뿌리로 번식한다. 선
로가, 길가, 강가, 인가주변, 초지에 자라지만 밭이나 논둑에도 많다.

집 근처 복개한 도로 주변에 공지가 있었다. 옆집에서 관리하던 공
터는 어느새 동네 쓰레기장이 되었다. 가까이 지내던 아주머니가 아내
에게 그 공터를 쓰겠냐고 물었고, 당연히 그러겠다고 했다.

쓰레기를 치우고 다시 땅을 일궈 깨끗한 밭을 만들어 놓았다. 상추,
열무, 쑥갓, 근대를 심고 고추모를 세웠다. 밭을 만들 때 땅속에서 허연
국수가락 같은 뿌리가 나왔다. 메꽃 뿌리였다. 메꽃의 땅속 줄기는 사

방으로 길게 뻗으며 군데군데에서 새순이 나와 서로 엉키며 번식했다.

꽃에 수술 다섯 개와 암술 한 개를 갖고서도 열매를 맺지 못하는 메꽃이 문득 안쓰럽다. 불임의 메꽃은 그래도 예쁘다. 기능과 효용을 중시하는 세상에서 이런 형태의 사물도 존재한다.

태국의 수도 방콕에서 '알카자쇼'를 보았다. 무희들의 춤과 노래가 황홀한 쇼였다. 그러나 그 아름다운 무희들은 모두 중성들이라 했다. 허탈했다. 그 화려함 뒤에 숨어 있는 막막함 앞에 문득 메꽃이 떠올랐다.

상추잎과 아욱잎이 나풀거리고 쑥갓과 근대가 자라 오른다. 아침저녁으로 나가 볼 때마다 다르게 자라는 채소들이 신비롭다. 어느 날 아침이었다. 아욱국을 끓여 먹을 양으로 밭에 나갔더니 누군가 아욱을 싹 도려 가버렸다. 너무 놀라고 황당했다. 참으로 낯간지러운 도둑이 아닐 수 없다. 돈을 줄 테니 팔라고 했어도 정성이 아까워 그러지 못했을 채소를 잃고 나니 연민이 일었다. 그 뒤에도 근대나 상추를 뜯어간 일이 몇 번 있었다. 아내와 나는 애써 개의치 않으려고 했다. 지나는 사람마다 쓰레기더미를 깨끗한 밭으로 만들어 채소를 예쁘게 가꾸었다는 칭찬에 마음까지 넉넉해졌나보다.

유월의 범람하는

황토물살 위로

제비는 잠길 듯 말 듯

힘겹게 피해 나른다.

물살에 혼줄난 강둑으로

후줄근한 쑥대밭 쑥대밭

쑥대밭 사이 사이

한 두 송이 남은

연분홍 메꽃.

〈메꽃〉

　김장 배추용으로 쓰기 위해 사십여 포기의 배추묘를 사서 심었다. 모가 착근하기 위해선 직사광선을 막아야 하므로 신문지로 고깔을 해 씌웠다. 아침저녁으로 물을 길어다 주는 일이 여간 힘 드는 일이 아니었지만 하루도 거르지 않았다. 가뭄이 계속되었다. 할 수 없이 한 삼십여 미터정도의 호스를 샀다. 이웃집의 양해를 구해 우리 집 담을 넘고 이웃집 대문을 지나고 마당을 지나고 장독대 옆을 지나고 다시 담을 넘어 밭까지 닿도록 해서 물을 주었다. 그 해 배추농사는 심한 가뭄 속에서도 잘 되어 서른 두 포기의 김장을 담을 수 있게 되었다. 겨우내 김치를 먹으면서도 넉넉한 마음이었고 두 집 아들네에 김장김치를 나누어 주면서도 며느리들에게 자랑을 빠뜨리지 않았다.

　겨울이 지나고 다음해 봄에 밭을 정리하고 있는데 낯선 중년남자가 와서 하는 말이 새로 이사 온 사람인데 앞으로 자기가 이 밭을 부치겠으니 그리 알고 있으라고 했다. 어이없는 일이긴 하지만 그냥 다 주고 물러서기도 뭣하다 싶어 반씩 경작하자고 합의를 보았다. 그러나 씨

뿌릴 엄두가 나지 않아 며칠 그냥 두었더니 이사 온 집에서 모두 씨앗을 넣고 말았다.

길가에 있는 공터 밭을 지나다 보니 흰 차돌과 타일 깨진 것, 벽돌 부스러기들을 길가 쪽 밭둑에 수북이 버려놓았다. 누군가 자기 집 내부수리를 하면서 생긴 쓰레기를 남의 밭둑에 내다버린 게 분명했다. 그 사이로 연분홍 가냘픈 메꽃이 너무 아름답다.

사람들은 자기 집에서 나온 쓰레기들을 남의 집 밭둑에 갖다 버리는 나쁜 습관을 아직도 버리지 못한 모양이다. 고속도로 주변은 차에서 내버린 쓰레기로 청소하는 이들이 애를 먹는다고 한다. 계곡이나 산골짜기에는 놀이 갔던 사람들이 버린 쓰레기들이 바위 밑이나 덤불 속 작은 구덩이 속에 수 없이 처박혀 있다. 낚시터에 가보면 먹다버린 라면봉지 소주병 맥주병 통조림통 쓰다 남은 떡밥들이 즐비하게 널려 있다.

장마 뒤 충주호에 가보면 쓰레기 떠내려 온 것이 그 너른 호수면을 가득 채운다. 정말 쓰레기 천국이다. 그도 그럴 것이 쓰레기를 함부로 버리면 안된다는 인식이 거의 없다고 해도 과언이 아니다. 초, 중, 고등학생들이 아이스크림을 먹거나 과자를 먹은 다음에 껍질들은 으레 길바닥이나 가게 앞에 내버린다. 습관을 고치기란 그만큼 어려운 것이다. 그렇다 해도 지속적으르 관심을 가지고 반복지도 해야 한다. 길거리에서 쓰레기를 버리는 어린이를 보았을 땐 주의를 환기시켜 주는 일이다. 말이 쉽지 그것도 쉬운 일이 아니다.

길거리에 나서보면 학생들이 횡단보도의 신호등을 거의 지키지 않는다. 왜 학생이 신호등 하나 못 지키느냐고 힐책하면 잘못했다는 걸 뉘우치는 표정이 아니다. 그저 어떤 노인에게 재수 없이 힐책당한다는 그런 표정이다. 얼마쯤 그런 꾸지람을 하다가 그만 두었다. 횡단보도 신호등을 지키지 않는 것이 정상처럼 돼 있는 상황에서 한 두 사람이 말린다고 될 일이 아닌 듯하다. 아무데나 쓰레기 버리는 일도 똑같은 경우일 것이다. 문화가 더 성숙해지고 기본질서 개념의 보편화가 이루어지길 바라는 수밖에 없는 것일까. 그러나 자기 집 쓰레기나 오물을 남의 집이나 시설물에 내다버리는 것은 그것과 또 별개의 범죄행위라는 생각이다.

밭둑 쓰레기더미 속에서는 연분홍 메꽃이 하늘거리며 피어 있다. 아, 메꽃.

아득한 그리움
상사화

이 나라에 흔한 언년이처럼
늦봄 한철 마당 구석에 무성했다가
깊은 여름 아무도 모르게 잎이 지고
꽃대궁만 풀쑥 혼자 솟아나 있다.
꽃대머리엔 희뿌연 알살의 꽃

내 어릴 때 울타리 밑 장독대에 상사화가
피었었다. 그때는 난초꽃이라 불렀다. 꽃 이름을 몰랐으므로 그 잎이
기다란 선형(線形)의 난초 잎과 비슷해 동네사람들이 그렇게 불렀던
것 같다.

상사화는 이른 봄에 그 실한 잎들이 무더기로 솟아 올라와서 오뉴
월에 무성하게 자라지만 꽃대는 올라오지 않는다. 잎이 누렇게 시들
어 버리는 칠월초쯤에 엄지손가락 굵기의 꽃대가 올라와 70~80cm쯤
쭉 뻗어 자란다. 칠월 말이나 팔월 초, 그 꽃대 끝에 연분홍 속살을 헤
집어 놓은 듯한 육감적인 깔때기 모양의 꽃송이들을 무더기로 피워낸
다. 꽃은 살이 두껍고 크다. 잎이 모두 진 다음에 꽃대가 나와 꽃이 피
는 생태에서 그 이름이 상사화(相思花)가 된 듯하다. 풍만한 여인의 깊
은 속살을 들여다보듯 눈이 아릴만큼 맑고 은은한 희뿌연 꽃살은 잎을
만나고 싶은 간절한 애정의 표출이 아닐까? 내가 이 꽃 이름을 정확히

안 것은 어른이 된 다음이라고 생각된다.

꽃과 잎이 영원히 만날 수 없는 안타까운 모습을 볼 때 서로 생각하고 그리워하는 마음이 오죽할까 하는 생각이 든다. 식물과 사람이 그 유전인자가 90% 이상이 같다고 하니 상사화가 지닌 그 그리움의 깊이와 아픔을 실감할 수 있을 것 같다. 식물에 음악을 들려주거나 마음으로 정성과 애정을 표현하면 성장이 훨씬 촉진된다는 사실의 입증은 벌써 오래 전 일이다.

이젠 풀 한포기 나무 한그루에도 좀 더 따뜻한 애정과 동류의식을 가져야 하지 않을까 생각한다. 환경보호나 자연보호라는 무슨 정책이나 운동의 수행차원보다는 우리와 비슷한 유전인자를 가진 이웃의 생명체로서 보아야 하지 않겠는가. 아직은 소망단계이긴 하지만 말이다.

서로 생각하면서도 만나보지 못하는 상사불견(相思不見), 서로 그리워하며 잊지 못하는 상사불망(相思不忘)의 아프고 애틋한 마음이 사람에게만 주어진 특권이 아니고 풀과 나무에게도 응당 있을 것으로 믿는다.

우린 그냥 난초꽃이라 불렀다.

이 나라에 흔한 언년이처럼

늦봄 한철 마당 구석에 무성했다가

깊은 여름 아무도 모르게 잎이 지고

꽃대궁만 풀쑥 혼자 솟아나 있다.

꽃대머리엔 희뿌연 알살의 꽃

지금은 잊혀진 그 곳의 하늘이나

마당 한가운데 누가 서 있을까.

꿈은 높은 天上(천상)에 매달려 있다.

달려가는 간이역 뜰에도

그 꿈은 몇 대궁 풀쑥 솟아나 있다.

〈相思花(상사화)〉

　상사화의 꽃과 잎은 겨울철 땅 속 크고 둥근 인경(파, 마늘, 나리 등의 뿌리처럼 양분을 저장한 잎이 두껍게 뭉쳐진 것) 속에서 만나 서로 보듬고 더운 사랑을 나눌지도 모른다. 지척에 있어도 만나지 못하고 그리워할 뿐 상사(相思)의 거리는 늘 아득히 멀다.

　아름답고 육감적인 그의 꽃잎을 생각하며 향기로운 꽃술을 생각하며 훤칠하게 뻗어 오른 꽃대를 생각하며 그의 청청히 푸른 잎줄기를 생각하며 봄을 보내고 여름을 보내는 상사화의 사랑은 너무 슬프다. 지상에서 가장 슬픈 꽃이 아닐까 생각한다. 그들은 어쩌면 서로의 모습을 모를지도 모르니 더욱 그렇다.

　서로 사랑하면서 자유롭게 만나지 못하는 이들이 모든 것이 지나치게 개방된 지금도 있을지 궁금하다. 어떤 특정한 까닭으로 없다고는 할 수 없을 것 같다. 그들은 자유롭게 만나지 못하지만 늘 언제 어느 곳에서도 만난다. 숲 속에서, 저자거리의 골목길에서, 허공 중에서,

꿈속에서 만나고 얘기한다. 환각과 환청으로 만나고 말한다.

오륙십 년대엔 상사병(일명 化風病)으로 하릴없이 길거리를 돌아다니는 실성한 사람들이 더러 있었다. 상사병에 몸져누운 사람에게는 상대편의 침을 입술에 발라주면 일어난다는 말이 있고, 상사병으로 죽은 사람은 몸이 까맣게 타 있다는 속설도 있다. 불타오르는 정염 때문일 것이다.

옛 신라 선덕여왕 때 지귀(志鬼)라는 백성이 여왕에 대한 짝사랑으로 상사병에 몸져누운 것을 여왕이 알고, 누워 자는 지귀의 가슴에 여왕의 팔찌를 벗어 두고 왔다는 고사가 있다. 그때의 이야기를 서정주 시인은 이렇게 노래했다.

살(肉體)의 일로써 살의 일로써 미친 사내에게는

살 닿는 것 중 그중 빛나는 黃金(황금)팔찌를 그 가슴 위에,

그래도 그 어지러운 불이 다스러지지 않거든

다스리는 노래는 바다 넘어서 하늘 끝까지.

하지만 사랑이거든

그것이 참말로 사랑이거든

서라벌 千年(천년)의 智慧(지혜)가 가꾼 國法(국법)보다도 國法(국법)의 불보다도

늘 항상 더 타고 있거라.

서정주, 〈선덕여왕의 말씀〉 부분

햇빛 밝은 여름 정갈한 어느 간이역에 내려 확 달려드는 고요를 동반한 채 간이역 뜰에 나서본다. 옷가지 하나 걸치지 않은 맨살의 꽃대궁 끝에 환하게 피어 있는 회한과 정념의 상사화를 만나게 된다. 하늘에는 선덕여왕이 벗어두고 간 살내나는 황금팔찌가 눈부시다.

유월 중순이 되어 뜰에 있는 상사화잎은 누우런 떡잎이 되어 축 늘어져 있다. 볼상사납다고 아내는 뜯어내자고 한다. 생각해보니 뜯어내어서는 안될 것 같았다. 잎과 꽃대의 내왕하는 비밀스런 교감과 상호보전을 끊을 수는 없다. 봄 한철 잎이 무성하게 자라고 그런 다음 꽃대가 나오는 걸 보면 잎과 꽃대가 서로의 임무를 완전히 종결할 때까지 자연상태로 두어야한다는 결론이다.

아내는 어느 날 상사화 꽃대가 언제쯤 올라오느냐고 묻는다. 아마 칠월 초순쯤이면 올라올거라고 했다. 유월이 거의 지나가고 있다. 뜰 앞을 지나며 힐끗힐끗 상사화 있던 자리를 넘겨다 보지만 아직 꽃대의 모습은 보이지 않는다. 지금 뜰에는 상사화의 푸른 잎도 아름다운 알살의 꽃도 없다. 다만 뜰의 주인인 아내와 내가 그들의 있던 자리를 알고 있을 뿐이며 밋밋한 꽃대의 출현을 기다리고 있다. 그러나 그들의 정령은 달빛어리는 조용한 밤에나 아무도 없는 대낮 빈 뜨락에서 만나고 있을지 모른다.

쑥부쟁이

봄 하늘 속
가장 먼저
종달새를 찾아 낸
女子(여자)의 눈을 보며
문득
이 地上(지상)에는
꽃이 핀다는 걸 알았다.

중학교를 졸업할 때까지 들로 산으로 나물 뜯으러 다니기를 즐겼다. 봄이 되자마자 빈 밭고랑에서 겨우 깨어난 냉이와 꽃다지, 쑥부쟁이를 뜯었다. 냉이는 뿌리째 뽑아야 하는데 뿌리가 길고 잔뿌리가 많아 호미가 아니면 잘 뽑히지 않는다. 꽃다지는 잔뿌리로만 이루어져 뜯기는 쉬우나 계란모양의 작은 잎이 너무 연해서 쉽게 상했다. 초봄이 지나면 곧바로 꽃다지의 꽃대가 나와 노오란 꽃을 피우기 때문에 뜯을 수가 없다. 쑥부쟁이, 쑥, 달래, 고들빼기, 씀바귀, 지칭개, 돗나물(돌나물), 돌미나리도 즐겨 뜯던 나물이었다. 야산에는 횟잎나물, 원추리싹, 뚜깔이 있었다.

나물을 뜯을 때는 물론 맑은 날이어야 했다. 봄바람에 실려 오는 흙냄새와 막 눈터 나오는 풀잎 향기들로 산야는 조금 들떠 있다. 이름을 알 수 없는 봄새들의 지저귐과 솟구쳐 오르는 종달새는 조용한 잉태와 울렁거림으로 하늘을 우러러 보게 했다.

봄 하늘 속

가장 먼저

종달새를 찾아 낸

女子(여자)의 눈을 보며

문득

이 地上(지상)에는

꽃이 핀다는 걸 알았다.

女子(여자)는 죽어서

새가 될까

꽃이 될까

망설이고 있다.

　허리에 맨 커다란 다래끼엔 들나물들이 가득 넘쳤다. 허리 아픈 줄도 모르고 봄나물의 향기 속에 집으로 돌아왔다. 소백준령 밑에 자리한 산촌엔 저녁이 일찍 찾아 왔다. 호롱불 밑에서 저녁을 먹고 나물을 다듬을 때면 졸음이 몰려왔다. 동네 앞 숲 속에선 들새들의 푸드덕거리는 소리가 들려 왔다. 앞개울의 물소리가 적막 속으로 사라지고 또 사라졌다. 대지의 주름살이 가장 은밀한 곳에 뿌리를 내린 흐르는 물의 분출. 모유를 빠는 '대양'의 끌어당기기에 의한 젖의 분출인 것이다. 가스통 바슐라르의 말이다.
　봄밤에 숲과 산과 들판에 있는 모든 생명체는 대지의 그 주름살의 가장 은밀한 곳에 뿌리를 내린 흐르는 물을 분출해내고 있다. 봄밤은 적막하다기보다 은밀히 분출하고 빨아들이는 일로 가득히 벅차다.

하루가 다르게 푸르러지는 숲이 다가오고, 앞산의 연초록이 차츰 날아오르는 듯 뜬다. 봄은 부활과 생장이 무엇인지를 극명히 보여준다. 밭갈이, 두엄내기, 씨뿌리기, 못자리판 만들기로 분주해진다. 날씨는 조금씩 더 따뜻해지고 아지랑이가 아른거린다.

힘이 솟아야 할 봄날, 사람들은 지친 듯하고 얼굴색들이 차츰 누렇게 뜨기 시작한다. 제대로 먹지 못해 부황이 났기 때문이다. 쑥을 뜯어다 멥쌀가루나 밀가루를 묻혀 찐 쑥버무리, 소나무의 새 줄기를 잘라 그 연한 속껍질을 벗겨 찧어 멥쌀가루나 밀가루를 섞어 만든 송기떡을 주로 먹었다. 송기떡은 심한 변비 증세를 일으켜 애를 먹였다. 들에 나가면 들찔레 어린순을 꺾어 먹거나 송기를 벗겨 먹었다.

일은 바빠지는데 먹을 것은 더욱 궁핍해졌다. 익지도 않은 보리이삭을 잘랐다. 약간 말려서 알갱이로 부수고 솥에 볶았다. 디딜방아나 절구방아에 살짝살짝 찧어 보리수염이나 껍질을 벗겨낸다. 초록빛의 말랑말랑한 보리쌀을 얻었다. 일부 짓이겨진 것도 있다. 이것이 떡보리이다. 그냥 먹기도 하고 밥을 하거나 호박잎을 비벼 넣은 죽을 쑤어 먹었다. 배고픔의 서러움을 되씹으며 살았던 이른바 보릿고개 시절이었다.

黃亭里(황정리)엔

헐쭘한 쑥부쟁이들이 나서

언덕마다 쑥부쟁이 냄새를 피우고

그 쑥부쟁이 냄새가 불러들인

쑥빛 하늘이 알맞게 떠 있다.

누군가 기다리는

黃土(황토) 마당 구석엔

튼튼하고 실한

시루峰(봉)이 쑥 들어 앉아

아들 낳고 딸 낳아

이젠 골짜기마다 빈 자리 없이

쑥부쟁이 꽃을 피우고…

〈쑥부쟁이〉

풀과 나무들은 초록으로 짙어지고, 쑥부쟁이나 엉겅퀴도 우쭐 키가 자라 꽃망울들을 맺었다. 여기 저기 펼쳐진 삼(大麻)대들은 어른의 한 키보다 웃자라 있어 그 일렁임과 훤칠한 풍경은 장관이었다. 50년대엔 대마초를 자유 경작했고, 그 섬유로 삼베옷을 지어 입었다. 그것이 마약의 일종이란 걸 몰랐지만 옛 노인들은 그 잎을 달여 먹으면 간질을 고친다고 전했다. 삼밭에 다가서면 쭉쭉 뻗어 올라간 삼대들이 빽빽이 어우러져 사람 하나 들어 설 틈이 없었다. 조금은 아리고 매운 듯한 삼밭의 독특한 향기는 곁에만 있어도 아찔거렸다.

뽕밭에서는 뽕도 따고 임도 만난다고 했지만, 밀애 장소로는 삼밭만

한 데가 없었다. 밀림을 방불케 하는 은밀한 깊이, 어지러울 정도의 독특한 향기, 삼대의 흔들림과 부러짐이 숨어서 연인을 만나기에는 안성맞춤인 듯 싶다. 가끔 누구누구가 개울 건너 삼밭에서 나오더라, 들어가더라는 풍문이 돌았지만, 모두 바쁜 농사일과 녹음과 물소리, 새소리, 바람소리에 파묻히고 말았다.

삼을 베어 단으로 묶고 날을 받아 삼굿에서 삼을 찐다. 이 날은 삼농사하는 동네 사람들이 모두 나와 함께 일한다. 삼굿에 찐 삼단은 며칠간 개울물에 담가두었다가 한가한 낮이나 저녁나절에 식구들이 둘러앉아 껍질을 벗긴다. 이것을 실로 만들고 베틀로 삼베를 짠다. 한 벌의 삼베옷이 만들어질 때까지 말없이 기다리는 세월, 그것은 무슨 격변을 생각지 않는 조용한 흐름이었다.

삼굿 언덕에 쑥부쟁이가 피었던 길을 지나 입영했던 젊은이들의 일부는 전사하기도 했고 병으로 돌아오지 못하기도 했다. 살아남은 대부분은 백발이 성성해졌다. 무너진 삼굿 언덕에 지금도 쑥부쟁이 꽃들이 환하게 피어 있다.

이곳에서 나고 자라면서 둘러싸인 산을 넘어 가보고 싶던 꿈들은 얼마나 이루었을까? 삼굿도 필요 없게 되고 숲 속의 작은 늪도 없어졌다. 그 많던 나무들도 엉성해지고 시루떡이 얹혀 있던 서낭당도 사라졌다. 숲 속을 날아다니며 황금빛을 수놓고 우지짖던 꾀꼬리는 날아드는지 모르겠다. 고향에 대한 추억은 아름답기만 할까. 세월이 지나면 아팠던 일도 그저 애틋한 것이니 그것이 아름다운 것일까.

바람 앞에 선 황금갈기

갈대꽃

바람을 만나면 바람이듯이
강물에 잠기면 강물이듯이
우리네 친척보다
속내가 잘 보이는 흔들림
바람 앞에 앞에 나와 선
一群(일군)의 뼈대.

시인묵객이나 철인들은 갈대를 인간에 비유한 작품을 만들고 깨달음을 설파했다. 가늘고 긴 줄기로 바람에 흔들리나 부러지지 않는 갈대. 강가나 바닷가, 갯벌이나 늪에 무성하게 군락을 이루어 생장하는 모습에서 인간을 보았다. 아침저녁으로 흔들리는 인간의 마음이 또한 그러했다. 인간의 맹렬한 번식력도 갈대와 같았다. 인간들은 저 갈대에게 무의식적인 애정과 관심을 가져야 했다.

학교 앞 강가의 눈 덮인 갈대밭 사진을 찍고 싶었다. 눈이 발목까지 차오르고 갈댓잎 서걱이는 소리가 서늘했다. 갈대꽃이 머리채를 풀어헤친 듯 바람에 나부끼고 하늘은 더욱 추웠다. 갈대숲에서 사는 겨울새들이 떼지어 날아올랐다. 카메라 구도를 눈 덮인 강기슭과 갈대와 하늘이 어울리도록 잡아보지만 잘 되지 않았다. 눈 덮인 갈대밭을 이리저리 헤치며 생각 없이 돌아다는 게 더 어울렸다.

1. 賢者(현자)

어느새 갈대꽃이 피었다.

시간은 은회색

갈대는 바람을 잘 알아본다.

무작정 길을 떠났던

누군가가 갈대꽃을 지난다.

負債(부채)도 奴隸(노예)들도

다 버린 때문일까.

하늘은 거침없어 높고

한 떼의 새들이

숨죽여 나는 게

참으로 날개답다.

갈대는 바람을

더 잘 알아본다.

2. 貧者(빈자)

그것이 肥滿(비만)보다는 따뜻하려니

자유롭고 자유로운

맨 팔과 맨 다리

천둥오리떼의 겹친 날개와 날개

바람을 만나면 바람이듯이

강물에 잠기면 강물이듯이

우리네 친척보다

속내가 잘 보이는 흔들림

바람 앞에 앞에 나와 선

一群(일군)의 뼈대.

3. 隣人(인인)

벌판 갈대숲에

흰 눈이 쌓였다.

산도 물도 제자리에 머물러 섰고

우리들의 말은 잠시 허공 중에 얼어붙어,

'어머니' 하고 속뇌임을 한다.

눈 속에 묻힌 갈대들은

저들끼리 다잡은 울타리며 방패며

잘고 잔 겨울 눈 싸라기 하나도

맨 몸짓으로 부벼서 데우는

저 쪽 눈벌의 갈대숲.

(중략)

6. 律儀(율의)

잠자던 바람이 다시 분다.

이 나라 모든 書冊(서책) 위에

구름 한 덩이 새 물빛 고운

보랏빛으로 물드는 때

멈춰 섰던 말떼들이

황금의 갈기를 몰고

언덕배기 높은 곳으로 치닫는다.

그 위에 빗긴 해와 바람이

원칙에 합의하듯이

署名(서명)하고 있는 결단의 하루,

자유, 貞操(정조), 나부낌, 노예, 칼…

빽빽한 조항들이

종횡무진으로 삭제되고 부활되는

無量(무량)의 갈대숲.

〈갈대는 흔들리는가〉

바람에 나부끼는 갈대꽃이나 쓸리다 일어서는 갈대밭 풍경은 아름
답다. 갈대밭 많은 곳은 항상 사람들이 모인다. 시인이나 철인이 아니
어도 뭔가 생각게 하는 풍경이다. 몇십 년 전까지만 해도 습지에 갈밭
을 만들어 갈대를 시장에 내다 팔았다. 주로 갈자리(갈대자리)라는 비

나 해를 가리기 위해 썼던 농립(農笠) 등을 만들었다. 갈목(갈대꽃)은
방비를 만들었다.

너를 부르고 싶다.

이 겨울의 깃발 같다고나 할까

너를 바라보고 싶다.

이 광막한 벌에

어쩔 수 없다고나 할까

새도 바람도 기울어지고

차마 불 붙을라

바닷바람에 일으켜 세우는

몇만 짝의 물이며

몇만 켜의 바람이며

무슨 대답 무슨 물음 물길에 파묻어

갈 데도 올 데도 없이 휘몰리는 것.

이제는 어디론지

날아가자, 날아가자,

물만 남기고 바람만 남기고

이 *火爐*(화로)에 잠시 기울다가

다시 일어서는 一陣狂風(일진광풍)

〈을숙도 그 겨울 갈대〉

을숙도 겨울 갈대밭을 구경시켜 주던 처형이 몇 년 전에 타계했다. 여자의 마음은 갈대라고 했는데, 그녀의 마음은 너무도 매섭고 올곧아 타협할 줄 몰랐다. 자신의 생을 너무 일찍 스스로 불태운 듯해서 안타깝다

갈밭엔 갈대들이 빽빽이 들어서 아랫도리를 강물에 담고 있다. 쓰다 버린 듯한 작은 목선이 갈대숲 속에 들어 있다. 많은 새떼들이 날아오르고 강물에 몸을 적시기도 한다. 낯선 방문객들은 갈대와 함께 하늘을 우러르며 수많은 새떼의 비상을 바라본다.

갈대숲과 강물은 철새들의 집이며 기항지다. 개발공사니 간척사업이니 해서 철새도래지나 갯벌을 없애는 일이 안타깝다. 흔들리는 갈대꽃은 생명을 숨 쉬게 하는 이웃이다.

지상에서 빛나는 별 이름
황금부채붓꽃

진종일 고속버스를 타고
검은 열차를 타고 달려도
한 잎 풀잎을 지나치지 못해
다시 바라보는
저 숲 속의 초록빛

황금부채붓꽃은 자의로 붙인 이름이다. 생김새와 색깔이 그렇다. 노랑꽃이 피는 부채 모양의 붓꽃이다. 진한 남보라색의 붓꽃과 비슷하지만 잎 모양이 펼친 부채처럼 되어 있다. 아마 본 이름은 '노랑꽃창포'인 듯하다.

오월은 황금부채붓꽃과 창포꽃과 붓꽃이 핀다. 계절의 여왕답게 아름답고 황홀한 오월의 꽃이다. 알맞은 기온, 갓 나온 풀잎, 꽃향기를 실은 훈풍, 부신 햇살, 새들의 지저귐. 이런 오월에 정인과 함께 어디론가 떠나보라. 그 느낌과 정감이 사뭇 다르다. 열차 안에서 초콜릿을 나눠먹으며 차창 밖에 펼쳐지는 신록을 느껴보라. 버스에서 창문을 열고 들향기를 맡아보라. 승용차에서 하늘을 가로지르는 노고지리를 보라. 혼자 떠나는 여행에도 오월은 그 빈자리를 채운다. 차창에 다가서다 흩어지는 초록의 산과 들과 숲과 강물의 생동감이 끊임없이 피어오르는 오월 여행은 즐겁다.

문득 돌아보니 초록빛 숲이다.

이곳에 숲이 있다니 놀랍다.

눈 감으니 국사시간이 생각이 난다.

떡갈나무, 굴피나무가 정답다.

다래덩굴 잎사귀를 먹고 자란

우리들은 초록빛이다.

진종일 고속버스를 타고

검은 열차를 타고 달려도

한 잎 풀잎을 지나치지 못해

다시 바라보는

저 숲 속의 초록빛

〈초록빛에 대하여〉

오월의 신록은 벌레가 없어 깨끗하다. 어떤 풀잎에도 벌레 한 마리 없다. 너무 깨끗해 언제까지 그런 풀잎이기를 바라지만, 유월이 되면 벌레들이 달라붙어 깨끗한 잎들을 갉아먹는다. 가슴이 아프다. 어린이가 자라면서 차츰 세상물이 들어가는 게 생각난다. 오월의 신록처럼 잠깐 있는 듯 없는 듯 존재하다가 어느새 벌레투성이가 되는 우리의 마음 같다.

뜰에 있는 나무 한 그루도 약을 뿌려야 제 모습을 유지한다. 학교에 있는 플라타너스도 벌레가 퍼지기 시작하면 약을 살포한다. 약이 강해지면 그만큼 벌레들도 내성이 생겨 더 강한 약을 뿌려야 한다.

　농작물에 농약을 치지 않고 재배되는 것이 없으니 몸속에는 많은 농약성분들이 축적되어 있겠다. 농약을 치지 않고 재배하는 무공해농법이 많아졌으면 좋겠다. 논에다 오리를 사육하거나 우렁이를 집어넣어 벼멸구나 잡초를 제거하는 자연친화적인 농사법에 눈을 돌려야 한다. 오월이면 농약 없는 농사, 농약 없는 정원, 농약 없는 숲을 상상한다.

　　오월인가 모 심을 달에

　　충청도 어느 농촌을 지났다

　　짙어가는 논둑에 황금부채붓꽃이

　　무더기 무더기로 피어 있어

　　皇室(황실)의 넉넉한 정원 같다

　　아주 마음이 편했다

　　말끔히 논둑을 깎으면서

　　황금부채붓꽃만을 수북수북히 남겨 둔

　　황실의 정원사는 보이지 않았다

　　흥건히 괜 무논배미마다 가득한

　　저 황금부채붓꽃

　　황금물결에 모를 심고

　　富饒(부요)한 정원사의 황금부채붓꽃.

　　붓붓붓붓…

　　〈황금부채붓꽃〉

논농사를 잘 짓는지 아닌지는 그 농부가 깎아 놓은 논둑을 보면 알 수 있다. 논둑 깎기는 쉬운 일이 아니다. 산골 논다랭이는 층계로 되어 있어 논둑 경사가 높거나 논둑 폭이 좁기 때문이다. 더구나 논둑에 콩이라도 심었으면 낫질이 여간 까다롭지 않다. 그런 중에도 황금부채붓꽃을 베지 않고 여기저기 남겨놓은 농부의 마음은 꽃보다 더 아름답다. 그 농부의 논배미에 벼가 누렇게 익을 것은 불을 보듯 훤한 일이다.

부채붓꽃처럼 사물의 모양을 딴 꽃 이름이 많다. 붓꽃, 부채꽃, 금낭화, 매발톱꽃, 옥잠화, 개불알꽃, 금강초롱꽃이나 초롱꽃, 은방울꽃, 할미꽃, 한라잠자리난, 투구꽃, 용머리, 제비꽃, 족도리풀꽃, 괴불주머니꽃 등 수 없이 많다. 옛부터 전해오는 예쁜 꽃 이름을 찾아 간직해야겠다.

동네나 지역 이름도 고유의 아름다운 이름들이 많이 있었으나 일제 때 모두 한자표기로 바꾸어 멋없이 각질화(角質化)되었다. 그 이름들이 간직한 유래와 전설들이 모두 사라져 버리고 무미건조한 고유명사만 남았다.

안반내, 무두리, 여우목, 하늘재, 갈벌, 벌내, 중들뜰, 목벌, 닷돈재, 할미고개, 까치내, 벌말, 노루목, 미륵댕이, 탄골, 모시래. 이 부드럽고 아름다운 땅 이름들은 이제 없다. 꽃 이름과 마을 이름들은 우리가 사는 지상의 빛나는 별들이다.

가장 낮은 곳의 생명력

질경이풀

그 운명은 이름에서 왔는지
그 이름은 운명에서 왔는지
수레바퀴 밑에서 살아가는 풀인가
질경이풀이야 질경이풀
모질게 질겨서 질경이풀인가

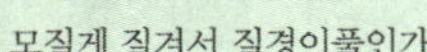

어릴 때 어머니께서는 질경이국을 자주 끓여 주셨다. 질경이의 연한 새잎을 도려다가 비벼 씻고 콩가루를 묻혀 장국을 끓인다. 어린 입맛에도 된장국 특유의 시원하고 구수한 맛이 좋았다.

질경이는 이름이 말하듯이 질긴 풀이다. 잎줄기를 당기면 잘 끊어지지 않고 실 같은 섬유질이 빠져 나온다. 습기 있는 텃밭이나 초지나 길가에서 자란다. 사람이 많이 지나다니는 길가에도 질기게 자란다. 그래서 별칭이 차과로초(車過路草)이다. 차가 지나다니는 길에 나는 풀이란 뜻이다. 다르게는 차전초(車前草)라 하는데, 차바퀴 밑에 깔려 있는 풀을 말한다.

이런 연유인지 줄기가 없고 잎은 모두 밑뿌리에 직접 붙어 있어 옆으로 퍼져 있다. 긴 잎줄기를 가지고 있으며 크고 넓어 쌈을 싸먹기도 한다. 잎 사이에 꽃줄기가 자라서 봄가을에 걸쳐 작고 흰 꽃이 이삭모양으로 핀다.

질경이 열매로 기름을 짜서 불을 켜면 귀신이 보인다는 속설이 있다. 어머니께서도 그런 말씀을 해 주신 적이 있었다. 짐작으로는 사람들의 발에 짓밟히고 차바퀴에 치이면서도 죽지 않고 살아나 꽃대궁을 올리고 꽃을 피워 열매를 맺는 천신만고의 기름이고 보니 귀신인들 보이지 않겠느냐는 뜻이리라.

아는 사람의 부인이 너무 가혹한 생활고에 시달리다 병에 걸려 눕게 되었다. 그 부인은 내림굿을 하고 병석에서 일어나 무녀가 되었다. 일상을 초월한 고통 끝에 신내림을 받은 무녀의 경우와 비슷한 지경이 아닐까.

車過路草(차과로초)라 이름하고

車前草(차전초)라고도 부르는 질경이풀

그 운명은 이름에서 왔는지

그 이름은 운명에서 왔는지

수레바퀴 밑에서 살아가는 풀인가

질경이풀이야 질경이풀

모질게 질겨서 질경이풀인가

질경이에 콩가루를 무쳐

끓여 먹던 질경이콩국

그 질경이 열매기름으로 불을 켜면

시골학교 운동장 구석의 축축한 땅에 질경이풀이 많이 난다. 운동장 청소를 할 때는 그냥 쓸기만 하니까 그 많은 질경이풀을 어찌할 수가 없다. 대청소날에 질경이풀을 뽑는다. 잎이 땅에 붙은 데다 뿌리가 질겨 맨손으로 잘 뽑히지 않는다. 호미나 괭이로 뽑아야 겨우 뽑힌다. 어린이들이 하는 일이라 뿌리가 잘리고 잎사귀만 뜯기고 해서 온전히 뿌리를 뽑기란 힘든 일이다. 다음해 질경이풀은 운동장가에 또 나기 시작한다. 질경이풀을 뽑을 때면 몇 마리의 두꺼비도 함께 본다.

떠돌이 약장수들의 약 선전에 질경이풀잎을 뜯어먹고 자란 두꺼비의 비지땀을 받아 끓인 기름고약이라는 말이 있다. 두꺼비는 냉혈동물이니까 비지땀이 날 일도 없기 때문에 해학적인 표현이라고 생각되지만, 두꺼비가 질경이풀 근처에서 사는 것은 맞는 말이다.

질경이풀은 아주 다양한 병에 민간요법 치료제로 쓰인다. 기침, 담,

시력향상, 축농증, 위장병, 관절염, 임질에 두루 사용된다. 질경이국을 끓여 먹던 때가 새삼스럽다. 변변한 약도 없던 농촌에서 그나마 병을 물리칠 수 있었던 것은 이런 신비스런 야생초들의 약효 때문이다.

요즈음의 건강식품엔 보리밥, 잡곡밥, 막국수, 야채나 산채나물, 여러 가지 야생초즙, 솔잎즙이나 분말, 다시마 분말 등 헤아릴 수 없이 많다. 이 모든 것이 과거 우리 농촌의 식단이었다. 어린이들에게 패스트푸드나 육류만 권하지 말고 김치도 먹이고 된장국도 권해야겠다.

큰손자 놈은 김치도 잘 먹고 고추장이나 푸성귀 나물무침이나 된장국을 그냥 먹는데, 작은 놈은 잘 먹지 않고 콜라나 음료들을 좋아한다. 우리 고유의 음식이 사라지고 있다. 언젠가 아내에게 콩가루 묻혀 끓인 질경이국이 먹고 싶다고 했더니 피식 웃기만 했다. 질경이국을 먹고 살았던 질긴 삶이 오늘의 풍요를 이뤘는데 말이다.